U0067942

我愛郭美玲

黃萱萱 著

天空數位圖書出版

序

世上有許多郭美玲。

她們有著自己的想法，或許三十有幾，卻也獨立安身。

或許平凡，卻也在生活與工作中創造不凡。

或許是貓奴，或許是劇迷，或許任勞任怨，或許……正在
對未來茫然。

可就是這樣的一個女子，成就這一篇篇的章節。

期待您走入她的世界，我愛郭美玲。

黄菁菁

目錄

第一篇

這是秦嗣強，這是郭美玲

「不是我說你們兩大處。」

在店經理辦公室內，安祖正坐在位置上，無奈的看著眼前沉默的幾人。

「排面糾紛這種事情，私下談好即可，吵成這樣子，要不要也把區經理請過來？」

回想起方才，在現場試圖要把氣氛緩和的當下，安祖望向染著一頭金髮的男子，不客氣的說：

「秦嗣強，了不起啊！敢叫我不要管，還順道問候起我母親。馬修不在，你們處還有文雄跟美玲兩個課長可以處理，熬到升助理才沒幾年，蹭鼻子上臉了？」

「是啊……也不想想自己幾斤幾兩重，揪著我領子跟我大小聲……」

「給我閉嘴，尚恩。」安祖直接打斷他的話。

「都做處長的人了，嘴巴還是那麼欠。今天嗣強不動手，還會有別人的。」

「安祖，那位置一直是我們處的排面……」

「什麼你們處的？那是共同排面，只要溝通好，任一課都可以擺放……」嗣強不服氣的反駁。

美玲直接用手肘頂著身後的他，示意自己的助理別再回擊。

「有事情，叫你們馬修回店裡，我可不想跟一個助理吵這些東西。」

「我們處長現在手機沒接，要不，明天再議？」面對幾個高頭大馬，文雄在人群裡顯得特別瘦小。

「明天？我們處可是很忙的，每個檔期都是大改，誰還理你們啊！」

尚恩見他們處長不在，整個氣焰為之囂張，已到目中無人的地步。

「其實，這種情況，能好好說就可以。」

美玲是當中唯一的女性，她看著尚恩，淡淡的說道。

「這種情況，能好好說嗎？」尚恩沒好氣的指著自己被揪皺的領口。

「我們排面已經上了，先來後到是常理，有事明天去跟馬修反應。」

「好意思講先來後到？我們的東西上到一半，直接掀掉，說是你們處的位置，土匪是不是？」嗣強直接在美玲身後回嗆。

「本來就是我們的！你一個助理有什麼資格跟我談？」尚恩吼著。

聽著兩方又開始吵起來，美玲的臉沉了，那排面她也整理了一半，還是是她吩咐嗣強收尾的。

「既然都已喬不攏，那就請店長定奪，把事情的來龍去脈搞清楚。活動後天就開始，中秋節，開學季兩大檔盡出，又是入口處促銷排面，這個區塊，旁邊就是我們家的重點商品，放一個完全不搭嘎的東西，到底是哪處比較吃虧？」

美玲心底很清楚，尚恩強硬的態度，無非是來自於一個，大家都不能說破的理由。

安祖拿起桌上的促銷排面圖一看，然後……

「尚恩，這家的泡麵可以不用放上去。」

「……這也是 DM 商品啊。」尚恩的語氣開始心虛的上揚。

「放在烤肉架旁邊，合著泡麵也可以烤嗎？」嗣強沒好氣的補了一句。

「美玲，好好管教妳的助理，我們正在談事情。」安祖還在氣頭上，根本不想直接跟他對話。

「阿強，先回去工作，跟他們說再等一下。」

嗣強環顧四周對他投以不友善的眼神，只能悻悻然離開辦公室。

才剛經過總機，後頭傳來一陣熟悉的聲音。

「阿強啊！」

回頭，美玲的嫂子──淑芬，正提著兩大袋手搖飲料進來。

「幫忙拿一下。」

嗣強趕緊接了過去，放在一旁休息室的桌上。

「美玲又叫飲料了？」

「嘿啊……」淑芬一邊轉著發酸的雙臂一邊回答。

「說是你們家處長請的。我都準備要收攤，工讀生也下班了，美玲直接傳 LINE 給我，跟我訂 20 杯紅茶，只好我自己送來。」

嗣強差點沒把白眼翻出，處長請的……每次都是美玲出的錢，功勞都算在馬修身上。哪一個處長能像他一樣，有個好部下在幫他做功德？

「多少錢，我付……」

「你有錢，就把那頭髮染回來，店長剛剛又再唸了。」美玲從辦公室小跑步出來，趕緊阻止嗣強掏出皮夾的動作。

「妳沒事吧？」嗣強擔心的問著，他不在乎排面是屬於誰的，他介意的，是美玲隻身帶著文雄力戰蠻不講理的尚恩。

「沒事。」美玲揚起一抹疲累的微笑。

「排面的部分，上半部給家電，下半部給尚恩他們，結案。」

「妳沒事就好……」

「你課長怎麼可能有事？」文雄不急不徐的走來。

「她可是出了名的『不死族』……」

「去拿飲料啦！玉嫻放長假還沒回來，聽你說話都覺得虛。」美玲沒好氣的推了文雄一下，直接送他去休息室。

「妳還要上班哦？」淑芬憂心的問著。

「要幫忙整理排面，沒辦法。」美玲聳肩。

「本來想說，要妳幫忙帶一下小牛的。」

小牛，淑芬的小兒子，快滿兩歲了。

「為什麼每次都要美玲幫妳……」

「嫂子，飲料的錢，回去我再給妳。」美玲趕緊搶話，蓋過嗣強替她抱的不平之鳴。

等到淑芬離開，美玲才跟嗣強提點。

「說過多少次，不要幫我出錢，我付的是成本，你付的話，我嫂子還多賺。」

「為什麼妳還要幫忙照顧小牛？」

「我嫂子白天煮吃的給家裡，上午去市場開店到晚上，家裡還有做不完的事情，幫她也是應該啊。」

「忙成這樣，還有空生孩子？」

美玲白了他一眼，不想回答這個問題。

「與其關心我，不如先管好自己……不要那麼衝動。跟在我身邊十年了，我也唸了十年，很膩，知道嗎？」

見著嗣強不語，美玲也只好把話題轉移。

「去叫外面抽煙的那幾個來拿飲料……兩個處的我都買了。」

美玲進賣場前，還不忘拿一杯給總機的保全。

另一邊，安祖依舊坐在位置上，望向一臉挫敗的尚恩。

「美玲只是提個醒，已經很給你面子。如果真要請安全課的來處理……甚至鬧到上面，肯定沒完沒了。」

「可我錢已經收了……」

「你還好意思講啊？」安祖氣憤的拍桌。

「私下的回扣你敢收？你收了就不要讓人知道放哪裡！真明目張膽欸，塗尚恩……大剌剌的打開商店街置物櫃，那地方，連我都知道監視器的位置。」

見著尚恩不語，安祖也把怒火壓下。

「都做處長的人了，我可積極的要把你拉起來，不要再做自掘墳墓的事。」

「好的，我知道了……」

尚恩說著，心底卻不服氣，他記著了。

****

一台小 50 停在自家門口，聽著室內的喧嘩，伴隨著搓麻將的聲音，拿起鑰匙轉開門前，美玲不禁深吸一口氣。

回家，對於美玲而言，是另一個加班的開始。

「哎呀，我們家美玲回來了。」郭母一見到女兒，趕緊把她帶到同桌。

「美玲啊，這是喬治叔叔還有他老婆瑪麗阿姨，人家剛從美國回來看兒子……欸喬治，你兒子不是今年研究所剛畢業？他有沒有認識不錯的學長啊？還是教授？幫忙介紹一下啊。」

美玲也只能禮貌的對著眼前，印象模糊的親友團點頭示意，對於母親老是幫她徵婚這件事情，她已經麻痺了。

「看不出來，美玲都那麼大了啊！在哪邊工作啊？」喬治叔叔關心的問著。

對於這類的罐頭問候，美玲只是乾笑以對。

「剛剛在打麻將的時候不是說過？欸你這記性……碰碰碰！」郭母趕緊把手邊的二索丟出，把一筒擺到面前。

「年輕人有自己的想法，我們都多大歲數了？不用管了……喜歡什麼類型的男孩子啊？其實，不用那麼挑剔，看得順眼就好，能一起過日子就行。」

這不是拐彎說美玲太挑嗎？要不是郭母大喊一聲胡牌，這話題恐怕得繼續下去。

「美玲，飯廳有炸醬麵，先去吃。」郭母手氣正順，也不管美玲的話題了。

　　暗自慶幸躲過一劫，才正坐下來，看著微溫的炸醬跟一碗已結塊的白麵，匆匆拿起筷子拌著。

　　「美玲，幫我顧一下小牛。」才剛開口準備吃下第一口，淑芬從二樓下來，直接把孩子往她懷裡放。

　　「我團購的東西到了，要去市區拿……別跟妳哥講喔！他回來沒看到我，就說我去找阿珠了。」

　　還沒等美玲反應，小牛的手就直接往她的麵裡捏下去。

　　「唉唷，小牛啊！那不是玩具啊！」淑芬慌張的抓住孩子的手，拿起衛生紙就是一陣擦拭。

　　「……嫂子，我來就好了，妳先去吧。」看著那碗被抓過的麵，美玲也沒什麼食慾了。

　　「喔……等等幫我餵奶喔。」

　　淑芬說完，趕緊出門了。

　　抱著小牛去洗手，沖奶，美玲無奈的走上二樓，經過二姪女──雅慧的房間，只見她戴著耳機，專注的埋頭苦讀。

　　準備升高三了，日子永遠都是唸書，考試。家裡的環境，總是鬧哄哄的，美玲不禁心疼她，也不打擾了。

　　回到三樓，房門一開，終於來到美玲自己的空間，只是……

「啊！」美玲哀嚎了一聲。

先不管房間被弄亂過的痕跡，腳下踩到的樂高積木才是主因。有時，嫂子跟媽媽為了方便，會直接把小牛放到美玲的房間玩。

這樣無隱私的生活，美玲也能體諒，只是……

「阿布？」

把小牛放在床上喝奶，美玲試著找尋自己的貓。直到她望向衣櫃上方，那雙銳利又哀怨的眼神直視著自己，才露出放心的笑容。

在盡完鏟屎官的任務後，美玲幫小牛拍完嗝，也不管自己仍餓著，房間依舊凌亂，就這麼抱著自己的小姪子，緩緩的進入了夢鄉。

唯有阿布，呼嚕嚕的在垂下的手邊磨蹭著。

樓下的麻將聲此起彼落，桌上的炸醬麵，已成為大哥下班回家後的宵夜，嫂子為了彌補偷偷購物的罪惡感，特地煮了碗青菜豆腐湯給丈夫補充營養。

這就是美玲的生活，一個在職場上穩如泰山的主管，在家裡鞠躬盡瘁的女兒跟小姑。

****

震天響的排氣管聲在巷弄間穿梭，最後停在一戶小平房前，秦父趕緊把煮好的麵條放入碗內，小心翼翼的端到客廳茶几上。

「兒子，來吧！麵剛煮好，趁熱吃。」

看著又是千篇一律的泡麵加蛋，嗣強只是點頭，隨手把安全帽跟背包放在椅子上。

家裡平常就兩個男人，三餐除了逢年過節外，其餘時間都是簡單湊合著吃。

拿起遙控器開啟，嗣強看著電視裡播出的肥皂劇，正上演婆媳惡戰的戲碼，突然，秦父端出一碗公的滷菜放到他面前，還冒著蒸騰的熱氣。

「這是什麼？」嗣強瞬間反應不過來。

秦父熱切地坐在一旁的藤椅。

「還記得我跟你說過的廖阿姨？」

對於父親口中的廖阿姨，嗣強是有印象的，他也明白是什麼情況。

「喔……」他不知怎麼回應，只能淡淡帶過。

「廖阿姨知道你喜歡吃豆干還有雞翅，所以……」

「我喜歡吃炸的，不是滷的。」

嗣強沒好氣的繼續低頭吃泡麵，完全不顧父親在一旁的尷尬。

「這……阿姨也是一番好意，很香的，爸剛剛吃了一些……」

「爸。」嗣強放下手中的筷子。

「你交女朋友，我不反對；如果提到結婚，我勸你還是算了。之前的陳阿姨跟王阿姨，你也是殷殷期盼，可到最後呢？」

他指著房子四周。

「我們就剩下這個了，老媽當初帶著財產跑的時候，沒人來關心我們，有啦！大伯。劈頭就問房子要不要賣，真是好親戚。」

經歷幼年，母親的出走，讓本是優渥的家庭瞬間垮塌，加上父親溫吞的個性，使得二人受盡親戚間的冷言冷語。

「廖阿姨不是這種人……」

「那是你認為。我吃飽了。」

嗣強直接拿起碗筷，往廚房走去。徒留秦父，一臉茫然的看著桌上的滷菜，慢慢地褪去熱度，化為油膩的涼薄。

洗完澡後，嗣強經過正在看電視摔角的父親，不發一語的走回房內。

其實，他是贊成父親交女朋友的，只是，嗣強不習慣一個不相識的女人，突然闖進生活的突兀感。

他記得母親離家後的慘況，那年他才小二，父親整日藉酒澆愁，每天都有不認識的人上門討錢。

他害怕，就躲在房內，關上燈摀住耳朵，消極的躲避，唯有路燈照亮著恐懼與茫然，伴隨著眼淚，以及不解。

他記得大伯會送來吃的，喝的，用一種施捨的態度，不斷說著要感恩，要知足。等到嗣強再大一點，才明白大伯一字一句，都在敲打著他們父子的尊嚴。

而父親，永遠都是沉默以對，在大伯面前挺不直腰，抬不起頭……

直到有一天，嗣強終於在其他親戚面前，對著大伯怒吼，國二生涯的那晚，他挨了父親的一巴掌，也傳出秦睦之的兒子是個小太保的流言蜚語。

可是，大伯再也不敢猖狂的對著父親，那些親戚見著嗣強就跟看到鬼似的，能躲則躲。

對於家庭，嗣強的成長是破碎的。

對於女人，嗣強的感情是冷漠的。

也唯有一個人，是他的導師，是他的姐姐，更是他的女神。

看著手機上的時間，他傳了通訊息給她……

「睡了嗎？」

過了一會兒，見著美玲仍未已讀，也不知道此時此刻在忙什麼。跟著她十年的時間，嗣強始終不懂，她到底在累什麼？

他心疼，卻也無處可幫，只能對著她唸叨個幾句。

「今天的事情，讓妳擔心了。我……」

嗣強的腦袋瓜不停的轉著，試圖想著一些說法。

我真的很在乎妳……不對，太直接了。

我就是受不了尚恩那個態度，他真的很機車……等等，論機車，有玉嫻那女人強嗎？

想到上次，跟玉嫻在收貨課吵架的事情，嗣強還來氣呢！美玲一定會拿這件事情堵他。

我……哎呀，隨便傳了啦！

****

疲累又多事的夜晚，並不打算放過她。

吵醒美玲的，不是夢想，不是手機裡的鬧鐘，而是哥哥罵孩的聲音。坐起身，小牛不知何時被抱出房間，她睡眼惺忪的往房門外走去。

「玩累了就回來睡，睡醒了又出去，把家當旅館了是不是？」郭家銘指著剛剛才回家的大女兒一頓臭罵。

「我沒有出去玩好不好？我是去上班。」欣怡解釋到不耐煩了，整個人站在原地，正眼都不想看父親一下。

「好意思講啊？妳那是什麼工作？在酒店當吧檯？有哪個酒店是純的？再多給妳幾萬，是不是就下海了？」

「你不要罵了，先讓欣怡去休息吧。」淑芬好聲好氣的跟自己丈夫勸道。

「妳管女兒管成什麼樣子？就讓她在外面野啊？」

「怪我囉？她都成年了，好手好腳的我攔得住嗎？你跟你前妻生的女兒，我有什麼資格管啊？」

見著兩人開始大吵，美玲乾脆出面。

「欣怡，先去睡覺。」

看見姑姑救援，欣怡趕緊走了過去，兩人四目交接，美玲向她使了眼色，示意姪女快上樓回房。

「我還沒講完……」家銘本來還要說什麼。

「你不管鄰居，也要顧到媽，她睡眠品質一旦不好就會犯頭痛，嫂子也知道的，不是嗎？」

聽到自己的母親，做哥哥的倒是收斂起來，連同淑芬也把嘴巴緊閉。

美玲轉身上樓，她現在只想著床，好不容易走回房間，稍微看了下手機，凌晨五點，加上嗣強傳來的訊息，整個人都醒了。

一早，她洗了遲來的澡，正在梳妝台前整理一番，加強眼部保養。

「姑～」

雅慧身穿學校制服開門進來，一邊摸著阿布的頭，一邊問著：「今天凌晨怎麼了？我爸媽在吵架？」

「沒事的，他們又不是沒吵過。」

「……是不是姐又晚歸啦？」她試探性的問道。

17

美玲的手停了一下。

「雅慧，妳媽不是要幫妳報名考前衝刺班？」

說到這，孩子稚嫩的臉就垮了下來。

「姑～我不想去啦，很累。妳看姐，都可以去工作，多自由啊。」

「家裡唸書就妳最行。」美玲回頭，順道從包包裡拿出一條進口糖果給她。

「姑對妳有信心，加油。」

阿慧啊，都快指考了，就別讓妳媽擔心，況且……等出了社會，妳會懷念現在的日子。

直到淑萍在樓下叫喚著女兒吃早飯，她才把阿布放下離開，沒多久，換人進門了。

「嫂子，飲料錢我拿給妳……」美玲邊說邊拿出包內的皮夾。

「不用不用了……」

看著淑芬陪笑臉說著，她有股不詳的預感……

「美玲啊，妳年底不是要去花蓮？我有在網路上看到幾個好東西，到時幫我帶回來啊。」

她默然的接過嫂子手中的紙條，放在梳妝台上。

「還有啊……」淑芬突然神神祕祕的坐在床邊，跟她咬起耳朵。

「你哥同事，那個阿賢哪，他老婆昨晚傳訊息給我……他們最近下班都在喝酒。我就想喔，你哥最近都很晚回來，是不是騙我……也跑去喝酒。」

「喔……」

嫂子啊，妳應該要跟我哥好好談談，還有啊……為什麼我每次出去玩都要幫妳帶東西啊？

「淑芬啊，妳怎麼在這邊？上午不是要開店？」

看到自己的婆婆抱著小牛走了進來，淑芬趕緊打了哈哈，匆忙離去。

「媽，怎麼啦？」

「美玲啊，妳幫媽看一下手機。奇怪勒，早上要傳圖片發不出去，電話也打不出去，這手機有夠爛的啦！」

美玲接過母親的手機，看了一會兒，按了幾下，就還給了她。

「可以了呢！哈哈！我們家美玲就是厲害。」

母親高興的開始她長輩圖的一天，伴隨著小牛的活蹦亂跳，房間瞬間化為安靜無聲。

美玲勉強的對著鏡子笑著，唉……飛航模式。

****

第二篇

小姑的難為

嗣強一到公司，就見著文雄心情愉悅的哼歌，做著開店前的準備。

「他今天心情那麼好……啊！」

還沒跟美玲說完話，耳朵就直接被扭了一下。

「秦嗣強，我的黑眼圈不需要你的關心，還有，我沒有魚尾紋。」

原來，一早的眼部加強保養，就是為了嗣強的簡訊。

「請先關心自己好嗎？馬修等等要見我們兩個，你最好想一套他可以接受的說詞。」

「馬修昨天關機找不到人，為什麼還要我解釋？他才要解……」

美玲迅速地捂住他的嘴。

「兩大處長間，還需要和平相處。昨晚的事情只是小打小鬧，我們去給馬修一個交代就好。」

兩人對望了幾秒，嗣強直接把她的手推開。

「好啦好啦。」趁着沒人發現他臉紅心跳的時候，趕緊跑到倉庫。

剛躲進來喘口氣，一聲低沉卻賦予威嚴的嗓音在一旁突然響起。

「見鬼啦？」

嗣強差點出現假音似的尖叫。

開店前的倉庫，幽暗的燈光，玉嫻坐在一堆退貨前，抬頭看著他。

難怪文雄那麼高興，他的助理放完長假回來了。

「妳坐在那邊是想嚇誰啊？」

「我在忙，一堆退貨，沒人幫我處理……哼！沒朋友……」

玉嫻自嘲完，又埋首在退貨區前。

「妳……妳要求全權自己處理的，怪誰啊？」嗣強總覺得她在指桑罵槐。

「因為，我覺得自己來比較好。」

「那妳在靠北什麼……」

「玉嫻啊！準備開早會了。」文雄適時的出現，打斷隨時爆發的爭執。

23

看見他蹲在玉嫻的面前，笑臉盈盈說著話，嗣強彷彿聽見周圍有 BGM 響起。

「我有稍微整理一下退貨區，這樣妳會比較快處理。」

玉嫻起身前，還特地把正在處理的物件傾斜 45 度，做為記號。

「知道，謝謝。」看著矮自己半顆頭的主管，玉嫻揚起少見的微笑，走出倉庫。

文雄飄然的跟在後頭，馬上被嗣強拉回來。

「開早會了，幹麼？」

「你再跟我否認對她沒感覺，我啪啪給你兩耳光。」

「這什麼跟什麼，退貨終於有人處理……」

「你胃口真好，爬山，不累啊？」嗣強暗指著兩人的身高差。

「秦嗣強，這是我的私事。」文雄沒好氣的白了他一眼。

「所以，你真的喜歡那怪女人？」

「那是你不懂她，還有，不要說她怪。」

「她嘴巴那麼臭，你不怕被剋死……」

「你們要不要走？」玉嫻又從倉庫外走進來問著。

兩個男人面面相覷。

「呃……我們走。」文雄直接起步，帶著玉嫻出去。

回頭，還不忘給他眼神警告。

****

午餐時間，本處今日換文雄留守賣場之外，其餘人都在休息室用餐。

「還在生我的氣啊？」嗣強試探性的問著美玲。

「沒有啊，反正你嘴臭也不是一兩天的事情了。」

這話說得……他也只能乾笑以對。

「我也是關心妳啊。」

美玲沒好氣的看著嗣強。

「我說你啊，沒有一句關心是好聽的。能不能摸摸自己的心，好好的說些感人肺腑的話。」

嗣強摸著自己的左胸，望著美玲。

我喜歡妳，我真的喜歡妳。

「我……讓妳擔心，很抱歉，深怕一直惹麻煩的我，讓妳老太快。」

遠處正在吃飯的玉嫻，忍不住哼了一聲，還搖頭。

美玲無可奈何的嘆氣。

「我當初，怎麼會選你跟在我身邊呢？」

嗣強竊笑。

「我當兵的時候，幹麼不提拔別人上來？就不用煩惱了，多好。」

「你十七歲就在這裡打工，十八歲升正職，二十歲去當兵，幹了那麼多年的服務業，我擔心你退伍後找不到工作，去工廠又不適應，所以才……」

「喔。」嗣強漫不經心的回答。

美玲陰鬱的看著嗣強幾秒……

「我叫玉嫻來當我助理……玉嫻？」

才剛要開口，玉嫻彷彿已聽見似的，一溜煙帶著便當往門外跑。

「別讓她靠近我，那女人跟我犯衝。」

「喔吼吼是喔？」美玲才不信他的話。

「上回那事，你自己就理虧啊……好啦，玉嫻沒有顧及到你的想法，讓你沒面子，所以……」

「我不想聽這個。」

「全世界的女人你都嫌，誰能讓你稱讚啊？」

「妳啊。」嗣強理所當然的回答。

美玲愣了。

「是啊……出事幫你擦屁股，上頭挨罵我來扛，真是鞠躬盡瘁，死而後已……」

「誰叫我喜歡妳呢？」

突如的告白，讓美玲沉下臉。

「我還是習慣你本來的嘴臉，說話那麼不知輕重，感情是隨便告白講講的嗎？」

兩人陷入一陣沉默，滿懷心事，各自吃著自己的飯，直到文雄走進休息室，手上還拿著一張複印件。

「資深員工表揚，郭美玲妳上榜了。」

美玲接過單子，靜靜的看著。

「馬修幫妳報上去的，不要推托。當初滿十年的時候就該申請了。」文雄拿著便當，直接坐到兩人面前。

「不用那麼張揚，我又不喜歡拋頭露面的。況且，馬修當初要報我，我就表明拒絕了。」

「這也是一種肯定，多少人能在一家公司熬到十三年？對不對阿強？」

「隨便。」嗣強扳著一張臉，直接拿起便當走人。

「這是他今天話最少的一次，怎麼了？」

「沒事，小孩子鬧彆扭。」美玲也不想解釋。

「是啊，是挺幼稚的。」回想起今早的事情，文雄也搖頭。

「有看到玉嫻嗎？」他試問著。

美玲不禁失笑。

「你可以打給她，問她在哪兒啊。」

文雄倒是不說話了，靜靜的吃著東西。

「要不要我幫你暗示她一下？」

「不要不要不要……」他趕緊阻止。

「那你要拖到什麼時候？等到被攔胡那一天，看你哭不哭。」

「妳又不是不知道，我……她……」文雄用手勢比劃著自己與玉嫻的身高差。

「沒試過，怎麼知道行不行？」美玲說著。

「我一直都在試，可她就是很難聊啊。」

這點，美玲無法否認，有時，連她都不知道怎麼跟玉嫻共事。

自帶圍牆，行事果斷，用字刁鑽，常說些別人聽不懂的話，重點是……還容易得罪人，看看嗣強跟玉嫻的互動就知道了。

「加油吧。」美玲也只能在一旁當啦啦隊了。

****

夜晚，嗣強在房內來回踱步。

我說出來了，然後呢？我怎麼就說出來了！

想想，他忍不住罵了聲粗話。

舊平房的隔音不是挺好，正在客廳陪秦父說話的廖阿姨，頻頻回頭朝房門看。

「沒事的。」秦父也不知道發生什麼事，也只能先安撫自己的女朋友。

嗣強懊惱的躺回床上，拿著手機，左思右想。

最後，他只能求助文雄。

「你到底跟美玲發生什麼事？連個平常的道歉都不行？」

嗣強只能說出實情，電話的另一端，不語。

「說話！」他簡直快瘋了。

文雄試著用溫和的語詞，來跟嗣強說著。

「美玲，她很好，但是，你可以嗎？」

「什麼意思？我喜歡她，我當然什麼都可以！」

「我指的是，美玲的心思，都放在工作跟家庭。你可以接受嗎？欸，不要太快回答我。好好想想，再做決定。」

聽著嗣強無回應，文雄繼續說：「我不是潑你冷水，我是就事論事。美玲大你八歲，我相信她要的感情，是實際的，不是談個小戀愛，然後玩玩就分，她也沒那閒情逸致。」

「你把我當什麼？我怎麼可能玩玩……」

「好，不玩。」文雄抓住他這句，繼續往下道。

「那就證明給她看，你可以。不過，我得提醒你……你會實踐得很辛苦。」

「什麼意思？」嗣強不解。

「愛情，不光是嘴巴說說，身體做做，就能天長地久的。」

「……認識那麼久，你這些話是跟誰學的？」

「玉嫻啊！她講起這些，頭頭是道，氣場噴發，還……喂？喂！」

文雄低頭看著手機，顯示嗣強已結束通話的訊息。

「去！」他邊碎嘴邊傳訊息給對方。

「自己斟酌，加油。」

嗣強已讀，未回。千頭萬緒，自己挖的坑，說什麼也得含淚跳下去！他左思右想，設法找個嘻皮笑臉的方式，把今天中午的唐突給過去了。

回憶，倒退回曾經。自己正是一個，令人頭痛的工讀生。

人家唸他一句，他可以回三句，當年還是課長的尚恩，已經準備把他開除，美玲卻意外地收下了他。

當時的美玲，升任課長沒幾年，底下剛好欠人手，別人不要的員工，她接收了，也包含嗣強。

從一個沒人要的工讀生，成為如今的超強助理。這些年的歷程當中，嗣強也碰上全台男人都會遇到的，該盡的義務。

當兵的那段期間，有朋友找他，退伍後合夥開汽車美容坊，但是，美玲的一通電話，讓嗣強想也不想的，選擇直接回來賣場工作。

這個姐姐讓他人生有了意義，也讓嗣強驚覺，自己已離不開美玲。縱使這個姐姐已經三十有三，小姑獨處，也不在意自己的感情跟姻緣。

只是，真的不知該怎麼開口，平常的滿不在乎，嬉笑怒罵，都只是自欺欺人的掩飾。

能以這樣的方式，在美玲身邊待著，或許，是目前最好的辦法吧。

＊＊＊＊＊＊＊＊＊＊＊＊＊＊＊＊＊＊＊＊＊＊＊＊＊＊＊＊＊＊＊＊＊＊＊＊＊

這一早，由郭家大哥掀起了戰端。

「妳跟我老婆胡說八道些什麼東西？」郭家銘捧著碗筷，在位置上罵街呢！

「我在外頭跟同事喝酒怎麼了？關妳什麼事？」

「兇什麼啊！又不是美玲講的，你撒什麼氣啊？」淑芬趕緊打圓場。

「不然誰說的，妳又不講。有幾個司機是認識美玲的，肯定就是她！」

郭母坐在美玲身邊，看著女兒不發一語，也站出來說話了。

「吵什麼吵？你自己做賊心虛，惱羞成怒，對美玲嚷嚷著幹麼？」

在兩方正中的雅慧，見戰事吃緊，草草吃完東西，腳底抹油跑了。見著老婆，老媽都在袒護老妹，老哥的心底愈發不是滋味。

「我下班累得要死，跟同事喝個幾杯，有問題嗎？」

「喝了酒，就不要開車。回到家，一嘴的酒味，這要是被警察臨檢到……」

「對對對，千錯萬錯都是我的錯。對不起可以嗎？」不等淑芬講完，家銘直接拍桌起身。

「哥，嫂子還抱著小牛，別把孩子嚇到。」美玲看著小牛即將醞釀的嚎啕，趕緊提醒。

「郭美玲妳給我閉嘴！這個家最沒權利說話的就是妳。」

美玲瞪大雙眼，憤怒的面對大哥的埋怨。

「你幹什麼？莫名其妙的兇你妹妹，要不要連我也一起兇下去？」郭母也拍桌起身。

面對母親，家銘瞬間語塞。

「妳……她也不想想自己，都幾歲的人了還嫁不出去，要當老姑婆是嗎？還是要啃老啊？」

「我嫁不出去……關你什麼事……」

「什麼時候了，講這些幹麼？」郭母問。

「媽，妳不是也再唸叨相親的事情？我們不是都講好了，就差沒約時間而已，不是嗎？」

美玲訝異的看著語塞的母親，淑芬一邊安撫被嚇哭的孩子，一邊拉著丈夫，示意他別再說了。

「美玲啊，媽只是去看看，沒別的意思……什麼老姑婆，啃老的，郭家銘你是皮癢了！」

郭母邊說邊回去廚房，拿出好神拖的拖把，往大哥的身上揮下去。桌前的人亂成一團，美玲的心思緒亂，她默默的起身，往門外走去，躲著爭執，避著惶恐。

　　也不知自己是怎麼到公司的，安全帽隨意的放置在車上，經過的同事跟廠商打招呼也不理，就這麼急切地衝進賣場……

　　「美玲……？」玉嫻正好拿著價格牌經過，兩人差點撞上。

　　「等一下……停。」

　　她根本沒聽見任何話語，直接奔入倉庫。玉嫻站在原地，本想追過去，可是，該說什麼呢？

　　嗣強剛步入賣場，就看見那怪女人侷促不安的站在倉庫前。

　　「妳幹麼？」他一臉嫌棄的問著。

　　「你，去裡面看一下。」玉嫻命令式的說。

　　「有事嗎？裡面有鬼啊？什麼態度！」有鬼，也是妳吧？

　　「美玲！」

　　嗣強這才明白話中的意思，趕緊跑進去。直到最後一排的貨架，見美玲雙手扶著，不發一語的沉思。

　　「……課長？」嗣強緩緩的走過去，她沒有聽見。

　　「關你什麼事……」美玲還回憶著家中的爭吵。

　　「妳怎麼了？」嗣強都已站在她身邊，卻沒有任何知覺，他忍不住拍了下手臂，這下才回神。

「妳怎麼了？」

「……沒事。」

美玲本想越過他離開，卻被嗣強拉回。

「有什麼事不能講？」

以往都是主管跟下屬的身分，第一次被嗣強這麼抓著，美玲感到唐突且慌張。

「放開。」

「我擔心妳，發生什麼事？」

「跟你沒有關係……」

「什麼叫跟我沒關係？」嗣強還介意昨天發生的事情。

「我是喜歡妳沒錯，妳不接受也沒關係，但是，我們之間有必要如此生疏嗎？」

玉嫻雖在倉庫門口，裡頭發生的事情，她卻聽得明明白白。

「我能幫妳的，一定會幫，哪怕只是傾聽也可以。」

「那你能幫我相親嗎？」美玲眼眶泛紅，悲憤的回答。

嗣強的臉色轉為凝重。

「誰叫妳做這種事？」

「我三十三歲又怎麼樣？老姑婆，啃老……有嗎？」

「誰說的，我揍死他！」

「聽我講就好！」美玲吼著。

兩人陷入一陣沉默，抓住美玲的手依舊緊握。

「不要相親，有我在。」嗣強認真的說。

「哪怕妳不把我當回事兒……我還是在。」

這句話，縱使平淡，卻敲進美玲紛亂的心緒裡。她慌忙避開嗣強的視線，看似無所謂的點頭。

「把手放開吧，有點痛。」

嗣強趕緊鬆手，無言的看著她搓揉手臂。

另一邊，文雄才走進倉庫，立刻被玉嫻摀住嘴巴往門外帶。

「噓，裡面有人。」

如果不是她，文雄早就胡亂掙扎的大吼大叫，只見玉嫻想感應什麼似的閉目冥想。

「聽不到了……」

　　她睜開眼睛，直接對著他的雙眸，過了幾秒才驚覺自身的唐突，趕緊退開。

　　「對不起，課長……」

　　「沒事，裡面怎麼了？」文雄壓下莫名的喜悅。

　　「呃，那個……裡面有人，是……是……時間到了，開會。」

　　玉嫻趕緊拉著課長的手離開現場，一向辯才無礙，言詞犀利的她，竟也有語塞的時刻！

　　「妳不跟我講發生什麼事？」

　　「不用了，沒必要。」玉嫻的心思，只想著能帶多遠是多遠，裡頭發生的事情，再讓別人知道，怕是成了茶餘飯後的話題。

　　「那妳什麼時候要放手？」文雄正在她身後偷笑著。

　　這下，她才驚覺情況不對。

　　「對不起。」

　　玉嫻趕緊把手放開，不時張望著四周，應該是沒有人看見……

　　「文雄啊！」

　　熟悉又老成的聲音在前方響起，馬修處長不知站在那邊多久的時間，他是今天的值班，今早的會議由他主持。

　　「其他人呢？都準備開會了，該不會沒到吧。」

　　「我去我去。」

　　玉嫻直接往回跑，希望兩人在倉庫把事情說完了。

　　文雄回頭看著她慌忙的背影，不禁失笑。

　　「行啊你。」馬修突然站在他身後。

　　「追到了？」

　　「哪來的事，處長多心了。」文雄趕緊收回臉色，快步離去，趁著會議開始前找點事做。

　　「欸！我不反對辦公室戀情啊！」

　　「年輕真好。」馬修朝著他叫喚未果，只能暗自感慨。

****

我愛郭美玲

40

第三篇

關於荒唐的一夜

馬修在今早的會議表示，要慶祝資深員工獲得表揚。除了上午頒授榮譽證書，與店長和區經理合影外，今晚還有加碼！

美玲因為家中的事情，早就沒了心情，加上嗣強的話，心頭紛亂，根本無心面對晚上的應酬。

下午，美玲準備低調的離開公司，才走出員工出入口，就被正在抽煙的嗣強堵得正著。

「那麼早下班？」

「得先回去……幫我嫂子顧一下小孩。」美玲隨口扯著理由。

「喔……那我五點去接妳。」

「啊……？真的不用了。我有車……」

「沒聽說啊，處長可是有備而來。肚子裡沒墊點東西，幾杯下去，八成是躺著回家。」

「那麼擔心我？真不愧是愛徒，哈哈。」

想起他那台改到不知父母的是誰的機車，還有那震耳欲聾的排氣管聲，真的不敢恭維。

「反正，我在妳家巷口等妳。」嗣強不敢直說對她的擔心。

美玲還沒來的及說出口，只見他把煙給熄了，快步的走進去。

「真的不用……唉唷……」

滿懷心事的走到停車處，戴上安全帽，看見隔壁就停著他的改裝車。從頭到尾，不知道花了多少錢在這上面，每每聽他說著改車經，眼中發出的炙熱跟喜悅，美玲清楚，這是自己無法理解的世界。

也許，這孩子過了幾年，又會有不同的想法吧。

就在嗣強刻意晚了十五分鐘到她家巷口，坐在自己的改裝車上等待的同時，一陣陣的爭吵聲從裡頭傳來。

他擔心的走到門外，還不時踮腳，想從矮牆外看清楚情況，只聽見美玲在裡頭嚷嚷：

「我難過的不是哥說的話，是妳！」

「媽也是關心妳，哪個父母不希望孩子有幸福的歸宿啊？」

「幸福的歸宿？有問過我的想法嗎？」美玲指著桌上的照片。

「不就是哥的老闆嘛！也真能打算。」

「是小老闆……年齡跟妳也差不多，哥也是為妳好，況且……媽也答應了。」

「淑芬妳……」又甩鍋到自己身上，郭母簡直無地自容。

美玲只覺得頭腦嗡嗡作響，任何的解釋與說法都聽不去耳裡，為了這個家，她付出了多少？每每都在粉飾太平，如今，得到的是這樣一個回報。

「結不結婚，到底有什麼重要……」她看著郭家的兩個女人。

「成天吵著嚷著，嫂子妳開心嗎？這就是幸福的歸宿？當人的後母，還得顧這意外出來的孩子，這就是妳要的幸福？」

「這……這是我跟妳哥的事情，用不著妳來管吧！」淑芬被懟到有些惱怒。

「如果我什麼都不幫了，不管了，只想過自己的生活，甚至是搬出去住，我們的關係，會不會和緩些？」

「美玲，妳在胡說些什麼啊？一個女孩子家，自己在外面生活，不怕被人家欺負……」

「比你們逼我相親來得好！」美玲大吼。

「女孩子家，最後也是要嫁人的！」郭母也開始講話大聲起來。

美玲感到莫名的暈眩，打從她一回到家，兩個女人開始對著她洗腦，恩威並施，就差沒有跪著哭求。

難道他們不懂嗎？看著這個家，吵雜，混亂，沒一刻消停過！為人女，做人家的姑姑，連自己的空間都是奢求。她開始感到呼吸困難，不行，得先離開……

「妳要去哪裡？回來！」郭母急了。

美玲放下手中的獎狀在一旁，這本是她今天要跟母親分享的喜悅，十三年的優良員工，兢兢業業，固守本分，好不容易得來的成就……反正也無所謂了。

一開門，看著嗣強擔憂的眼神，看來，他已經等上一段時間，搞不好連吵架的內容都聽得明明白白。美玲直接拉著他的手離開，也不管母親在身後的呼喚。

「媽，別叫了。」淑芬無奈的坐回位置上。

「她會回來的……貓還在呢。」

＊＊

晚上的聚餐，美玲根本無心慶祝，她看似沒事的坐在位置上，喝了一杯又一杯的啤酒，嗣強此時在臺上，跟文雄正在唱著卡拉 OK，可他的注意力仍在美玲……

「美玲，今天這場，特地為妳而辦，不醉不歸啊！」馬修處長拿著一整瓶剛開的啤酒，特地坐在她對面。

她微笑著讓他把酒杯斟滿，一飲而盡。

「處長帶領有方，謝謝照顧。」

看著兩人的拼酒沒停過，嗣強連唱歌的心情都沒有，麥克風也放了下來，文雄忍不住在一旁用手肘頂他一下。

一首歌的時間，嗣強感覺像過了一整年，歌曲結束，他把麥克風扔給躲在角落滑手機的玉嫻，直接坐在美玲身邊。

「來，嗣強來。」也不知喝了多少，美玲的嗓門跟動作開始大了起來，提起身子摟住他的肩膀。

「處長，這我愛徒。阿強從工讀生幹到現在……十年了！我親自帶出來一個助理給你……處長你說什麼也要提拔……」

原本拿起酒杯的手已看不清，美玲就這麼把杯子給弄倒，洩了一桌的黃湯。

「妳喝多了。」嗣強趕緊收拾。

「阿強……」美玲雙手摸著他的臉，帶著酒意。

「姐姐老了，以後，是你們年輕人的世界……」

「誰敢說妳老？我宰了他！」

或許是嗣強認真的態度，所有人的視線往他和美玲身上打量著，開始咬起耳朵。

「嗣強，美玲喝太急了，先讓她在旁邊緩緩。」

文雄趕緊打圓場，直接拿起自己的酒杯。

「處長喝酒不找我，沒意思……」

大夥又把注意力放在馬修身上，畢竟他是主管，該眾星拱月的時候，大夥還是會一擁而上的。

嗣強把美玲扶到一旁。

「……妳也喝太兇了吧。」知道實情的他也不忍苛責。

「我今天不開心。」

「我知道，聽見了。」

美玲看著嗣強的臉，委屈的心情一擁而上。

「我三十三歲了……」

「那又怎樣？」

「我媽說是為我好。」

對於嗣強而言，他才聽不下這樣的說詞。

「為妳自己而活，就這麼簡單。」

為自己而活，真有那麼簡單嗎？美玲心想。

母親的身體一年不如一年，大哥大嫂有三個孩子要養，家裡整天鬧烘烘的，每天都有不同的狀況。

如果只顧著自己，家裡人怎麼辦？

談戀愛？結婚？找誰啊？

想到大哥跟大嫂的婚姻，美玲滿是陰影跟恐懼，一睜開眼睛，就是柴米油鹽醬醋茶，再怎麼樣濃情蜜意，終究敵不過現實的拉扯，三天兩頭為了生活在吵。

欣怡有事瞞著家裡無法說，她已成年，飛出去是早晚的事。

雅慧準備升學，永遠羨慕姐姐能自由自在，功課不但要叮嚀，還得適時拉住她的玩心。

還有小牛……

「郭——美——玲？」嗣強拉長了音。

「都什麼時候,還在想家裡的事?」

跟在她身邊那麼久,美玲眉宇之間的神色,他都能明白。

「妳換個東西想好嗎?」

好的,美玲改想著她家的貓……

「啊!我忘記餵阿布了!」

鏟屎官的思緒再起,滿滿的,還是奉獻的角色。

嗣強這下,真不知該怎麼說了。

「……好吧,我帶妳回去餵貓。」

****

回程的路上,美玲把頭緊埋在嗣強的背後。

除了因猛力灌酒導致的暈眩外,另一個原因,還是車子發出的噪音,使得美玲根本不敢四處張望,深怕別人好奇的注視。

「你車子停外面吧,太吵了!」到了家附近,美玲終於忍不住發話。

嗣強也不想跟她爭論,只能把車子停在不遠的便利商店門口。

「妳還可以吧？」美玲一下車就搖搖晃晃的。

「可以……」

才說完，她差點被路上的坑洞絆倒。

「欸欸欸！」

嗣強趕緊拉住她，任憑這女人在他的懷裡傻笑。

「沒事。」美玲晃了晃手。

「……我揹妳回去吧。」

嗣強半蹲在她眼前，背對著。

考慮了幾秒，美玲深知，自己是真的沒法子走路了。

「揹我到家門口，就好。」

嗣強就這麼揹著她，緩緩的在路上行走。

「嗣強……你跟我十年了，有機會就趕快升上去。」

「不急啦。」

「什麼不急……從工讀生做到現在，助理也當了幾年，也
該為自己打算了。」美玲雙眼緊閉，靠在他的肩上，語重心長
的說著。

當然，還帶著暈眩。

「只要能在妳身邊，當個助理也行。」嗣強淡淡的回應。

「不然，我退伍回來後，為的是什麼？」

或許，在這樣的夜色中，這樣的情境下，他才敢對著美玲說出心底話。

兩方沉默了一會兒，直到家門口。

美玲仰頭，張望著客廳是否有燈光，見著漆黑，她放鬆的吐口大氣。

「好了，放我下來。」

美玲剛踩回地面，隨意整理著儀容，身子一歪，所幸嗣強就在身邊。

「我陪妳進去吧。」

她試圖回復一個主管跟大姐姐的身分。

「阿強，謝謝你，早點回去……」

「妳這樣我不放心。」

「可以的。」

美玲拿起鑰匙，試圖對上大門的鑰匙孔，可頭腦晃晃悠悠的，半天對不到一處。

嗣強直接執起她的手，順利對上，轉了兩圈，門順利的開啟。

「……謝謝。」

不知是酒精的催化下，美玲只感覺心跳加速，而嗣強沒有放下手的意思。

她側頭，就在街燈下，抬頭看著他的面容，以往都沒好好注意到身邊的人，自己的助理突然陌生的像個男人……

是啊，韓劇裡的男主角，像極了前陣子追的那部戲，宛如命運般的劇情。

她大膽的用另一隻手碰觸他的唇，嗣強被美玲這番舉動弄傻了，冰冷的指尖，挑起男人的衝動，讓他忍不住輕啄著。

美玲笑了，羞澀又大膽的風情萬種，她踮起腳尖，主動吻上嗣強的唇。

「我房間在三樓，你能抱我上去嗎？」

　　她的聲調變了，如此低沉且誘人，聽得嗣強心中舞起莫名的狂喜，雖也懂些風月情色之事。沒想到，自己能遇上，還是跟美玲。

　　嗣強瞬間將她抱起，深怕一切都只是酒後三巡的假象。

　　「把門關上，安靜。」

　　「好……」

　　趁著大門關上之時，美玲雙腿夾緊嗣強的腰際，主動的朝他索吻。

　　「妳再這樣子，我會受不了……」他靠在門邊，只覺下體一陣鼓脹。

　　美玲竊笑。

　　「那你還不快帶我上樓。」

　　「這裡是妳家，走錯門怎麼辦……」

　　「先上三樓再說。」

　　嗣強只得按奈心中的慾望，循著以往的記憶，摸黑的朝著樓梯走去。

　　兩人打得正火熱之際，完全沒注意到一樓長輩房半掩的房門……

　　「別再磨了，我直接在這裡對妳……」嗣強一邊走著樓梯，一邊悄聲的警告懷裡的女人。

　　「我哥在二樓，噓……」美玲倒是玩開了，帶著氣音對著男人的耳邊低語，順勢輕咬著耳垂。

　　嗣強真想罵髒話，轉角上三樓的路，怎能如此遙遠？

　　「妳下次來我這兒，我家是平房，哪裡都是一樓……」

　　等進到美玲的房間，嗣強趕緊把門給鎖上，可懷裡的女人瞬間變成鏟屎官模式，她走回了地面，拿起一旁的垃圾桶跟貓砂鏟，專注在清理之中。

　　被晾在一旁的嗣強，滿滿的興致與幻想，就在他看著美玲來回走動，忙著照顧自家貓咪之後……軟了。

　　這個女人怎能如此吊人胃口？可自己就是喜歡她，喜歡的要命！嗣強又有什麼辦法？

　　「那個……美玲啊。」他坐在床上，試著想讓美玲把注意力放回自己身上。

「嗯……」美玲聽見了，可依舊蹲在吃乾乾的阿布面前，眼神沒離開過。

「妳要不要過來坐著？」嗣強一臉無辜地看著她。

快來啊，寶貝……

她側頭看著男人，調皮的一笑。

「不要。」

嗣強只能乾坐在一旁，雙肘靠在膝上，看著美玲繼續對著貓咪進行「愛的注視」。

最後，他不想等了，直接跪著從背後抱住她。

女人感覺到後方傳來的熱度，她沒躲，任憑對方將手伸進自己的衣褲內。久未有性生活的她，加上酒精的催化，美玲感受男人的大手帶來的愉悅與刺激。

嗣強吸吮著脖間，聞著髮香與些微的體味，看著一旁的穿衣鏡，美玲享受著他帶給自己的快感，雙唇微張，伴隨著輕聲嬌喘，渴望已久的一幕終於在這晚成真。

一個男人再也忍受不了，他褪去對方的 T-Shirt，熟練的用單手解下美玲的內衣，堅挺的乳尖透露女人的渴望和期盼，他抱著她上了床，也脫下僅存的武裝。

美玲的呻吟很壓抑，三樓還住著自己的外甥女，簡易的隔間，讓她根本不敢浪蕩發聲。

可就是這樣的氛圍，讓嗣強更顯興奮，他大膽的挑逗美玲的敏感帶，感覺到她陣陣抖動與濕潤，就在這瞬間，他直接從背後進入她體內。

這突如的襲進，讓美玲叫了一聲，感受著男人充滿激情的衝撞，一次又一次。嗣強從鏡子看著美玲的反應，一直按奈著射精的衝動。

只是最後，他還是受不了！只能把美玲帶回正面，緊抱著。

「可不可以……讓我先出來？」

他實在不敢看她，身為男人，這般倉促是有點掃興，而且丟臉。

「我太久沒做了。」

美玲只是點頭，慵懶的撫摸他的頭。

嗣強抬起臉，輕輕的吻著她的唇，再次進入她的體內，緩緩的擺動下體，速度漸行漸快。

「要射了……」

他癱軟的倒在美玲身上，伴隨著她雙腿夾緊腰間，如此暈眩，還有沉淪。

「我愛妳，我真的⋯⋯」

此時的美玲，早已伴隨著陣陣愉悅而睡去，把嗣強深情的言語，拋在這個夜晚，遺留在此刻。

****

一早，郭家人的早餐時段。

家銘睡眼惺忪的從二樓走下，看著其他人一早吃著稀飯，老婆正在廚房煎著荷包蛋。

唯獨不見老妹的身影。

「美玲昨晚回來沒？」

桌前所有人面面相覷，不知道怎麼開口。

「雅慧，去叫妳姑起床。」家銘吩咐著二女兒。

「不用去。」母親神情嚴肅的說。

已經起身一半的雅慧，只能坐回位置上。

「美玲不用上班哦？」家銘搞不清楚狀況的，一邊坐下一邊問著。

「關你什麼事？吃你的飯，上你的班。」一晚上翻來覆去睡不好覺，母親的臉色跟口氣一樣差。

「媽，妳是吃炸藥……」

「老公，先吃飯。」淑芬拿出剛煎好的一整盤荷包蛋，快步的從廚房走出。

「媽昨晚沒睡好，等等還要吃藥呢。」

家銘本想說些什麼，外頭的大門卻有了動靜，欣怡自己開門走了進來，手上提著一袋熱騰騰的韭菜盒子。

「……還知道回家啊？叫妳早點回來，不是叫妳帶早點回來。」家銘對於大女兒的特立獨行，真的是無法忍受。

淑芬拍了自己丈夫一下，示意他一早別再嚷嚷了。

「欣怡，先吃飯。王伯伯又叫妳帶東西來啦？」

「是啊，特地拿給阿嬤的。」

欣怡無視父親的碎念，逕自坐在阿嬤身旁。

「阿嬤，妳昨晚又沒睡好喔？」

「還好啦，先吃飯。」身為阿嬤，看著自己的長孫女，淺淺一笑。

　　家銘一邊用餐，一邊覺得奇怪，平常這時候，老妹早就在餐桌前匆忙的吃著，怎麼人沒下來，媽也不問……

　　「她是不是還在生氣？我去樓上看一下……」

　　母親突然生氣的拍桌。

　　「坐下！」

　　天哪，老媽這是怎麼了？家銘趕緊坐回位置，一臉無辜地看著其他人的錯愕。

　　「昨天，我還沒氣消呢……關於相親的事情，不要再提了。」

　　「媽，都已經提了，人家也很有興趣認識阿妹……」

　　「你自己去跟他相親吧！」

　　「可是……」

　　「唉呀，先不要提了，就這樣。」淑芬正把小牛抱在懷裡，趕緊打了圓場，左腳還踢了下老公。

　　還講啊？她用唇語說著。

　　「阿嬤，不要生氣了，我幫妳倒水。」欣怡也是在一旁緩頰。

　　雅慧吃完碗內的東西，就提著書包準備上學。連續兩天像賊似的出門，她都不知道該問誰，媽都說是大人的事，小孩不要管。

　　可是，她也是家中一分子啊！出門前，雅慧整張臉充滿不解與埋怨。

　　早餐時段，詭譎的開始，倉促的結束。

　　就在家銘內心憋屈的出門工作後，郭母、淑芬、欣怡，這三代郭家的女人坐在客廳裡。

　　「媽，阿嬤怎麼了？」欣怡看著阿嬤服完藥後，手握著一張發皺的獎狀，依舊悶悶不樂的，忍不住開口了。

　　淑芬看了婆婆的神色，決定自己開這個口。

　　「妳爸昨天跟妳姑吵架，還把阿嬤答應相親的事情講出來。」

　　欣怡翻了白眼。

　　「他是有事嗎？阿嬤，不要理我爸亂牽拖，妳要好好的，知道嗎？我相信姑不會受影響的。」

　　話才剛完，郭母卻紅了眼眶。

「美玲啊，媽媽不應該答應的。」郭母看著獎狀的內容，後悔當初的決定。

欣怡也慌了，此生頭一回看見阿嬤哭泣，她看著繼母，想尋求一個解釋。

「昨天下午，我們也勸妳姑，讓她答應相親。」

欣怡無奈的嘆口氣。

「至於嗎？一定要嫁人嗎？媽，阿嬤……這樣逼姑姑也不對啊。」

淑芬無奈的繼續往下說。

「妳阿嬤說，妳姑昨天很晚回來，帶了一個男人……」

「蛤？」

「兩個人現在還在房間。」

「蛤！」欣怡的疲勞感全消失了。

「淑芬啊，我跟阿銘是不是把美玲逼急了？她才會去找一個男人回來睡……」

「不會啦，媽。美玲一直很乖的，搞不好已經在交往了，只是沒跟我們講，就不要想太多啦。」

　　欣怡左思右想，這根本不符合姑姑的行為模式，她決定親自上三樓探個究竟。

　　「妳要上去啊？」淑芬欲抱著一旁遊玩的小牛，打算跟著。

　　「媽，我去看看……妳先安撫一下阿嬤。記得，絕對不能跟我爸講這件事。」

****

　　阿布早已窩在窗台邊曬著日光浴，用一種王者的姿態，睥睨著眼前發生的一切。

　　奴才坐在床邊，帶著宿醉的頭疼，看著來電的手機，正煩躁的想著說詞，身旁還在熟睡的……新來的奴才嗎？

　　昨晚，這兩人在朕的面前打架嬉鬧，進行著朕已無法進行的事情。

　　為此，朕，很不開心。

　　喵！（喂，肚子餓了，開罐罐啊！）

　　阿布刻意跳到一旁的櫥櫃，直接把空碗給甩在地上。

　　嗣強被這聲響驚醒，先是看著一旁叫囂的貓，再看著美玲背對著自己講電話。

　　那裸背，真美……一抹溫柔的笑容，對上她回眸的眼神，心底從未如此這般輕舞飛揚。

　　可是，美玲卻不這麼想。

　　「啊？喔……阿強不在我這兒。」美玲略略的回頭，剛好對上嗣強初醒的眼神，嚇得她趕緊把被子遮住身體。

　　「當然不在妳那裡啊！我是指，有沒有可能在誰家睡茫了？手機不接欸！」

　　文雄在手機另一端發牢騷之時，嗣強拉回美玲手中的被子，貪婪的繼續欣賞。

　　「我……『怎麼』知道囉？」

　　美玲試圖再搶回來，整個人卻被強拉回床上，任憑嗣強對著她上下其手。

　　「那妳能不能先來上班？我知道妳今天排休……但是，處長問起來，我該怎麼回答？」

　　美玲不斷示意嗣強正在講電話，可他還是恣意妄為的舔舐她的胸前，一股電流蔓延全身，這讓她差點失神，連文雄的叨絮都聽不下去。

　　「喂？哈囉～」

「我聯絡看看⋯⋯先幫我⋯⋯擋著，Bye！」美玲氣急敗壞的把通話切斷

「秦嗣強，你在幹什麼！？」

「Round 2。」

「別這樣子，你再不去，我就要去上班了。」

「做完我就去。」

「不要⋯⋯」

正當兩人在床上攻防之際，一陣敲門聲平息了戰火。

「姑，我欣怡。」

糟糕！美玲火速的撿起床上的內衣褲穿上。

對照她的慌忙，嗣強的態度倒是不痛不癢。

「⋯⋯怎麼啦？」美玲佯裝鎮定的問著。

「下來吃飯，順便帶他⋯⋯醜媳婦總要見公婆吧？」

「好嘞！」嗣強正穿上內褲，直接回答。

美玲回身，趕緊摀住他的嘴，卻為時已晚，她頹勢的低頭不語。

「……我叫我媽熱菜囉。」

欣怡轉身下樓，咀嚼著方才男人的聲調……年輕人？

房內，嗣強的嘴仍被搗住，他寵膩看著低頭不語的美玲。

「嗯嗯嗯嗯？」妳還好吧？

美玲抬頭，一臉的厭世。

「我的錯，都是我的錯……等等你什麼話都別講，我講就好了……」

她放下手，逕自去穿上衣服。

「妳沒有錯啊？怎麼了……」

「我不該把這十三年來的努力化為烏有……我完了……」她把衣服穿上。

「郭美玲……？」嗣強試著喚她，對方依舊在自己的思緒內喃喃自語。

「我跟我助理上床了，怎麼能這樣……」她把牛仔褲穿上。

嗣強覺得莫名其妙，她是怎麼了？

「我可大他八歲啊……」

「夠了！」

嗣強跑去抱住她。

「我是真的喜歡妳啊。」

美玲整個人僵直在他的懷裡。

「我不能喝酒了，真的不能……」

「那就不要喝。」

「我把我們都害了。」

「不要這樣子講！」嗣強微慍的看著她。

「郭美玲，我喜歡妳。昨天晚上的事情，我想了好久，真的……」

美玲看著他的面容，心緒雜亂，不時搖頭，該如何開口把這一晚的事情釐清。

「我需要冷靜一下。」

「妳……不能不要我！」嗣強任性的強調。

美玲真的茫然了，電視劇裡始亂終棄的角色，這芭樂般的情節，竟然由她領銜主演！

「……你有沒有想過，昨晚是什麼情況？」

「是妳主動的。」

我嗎？美玲疑惑的指著自己。

「美玲啊？」嫂子的聲音在外頭響起。

「你們快點下來吧。」

淑芬隱約聽見房內有爭吵聲，方才聽欣怡敘述著情況，聽對方的回應，好像真的是男朋友。

婆婆還為此破涕而笑，竟然跑去轉角市場買雞了！

可現在這情況……嗯，不好說。

她把耳朵靠在門上，試圖想再聽些訊息。房門突然開啟，淑芬整個人失去重心的跪倒在房內，剛好對上正在吃早餐的阿布。

阿布嚇得跳上衣櫥，大膽！還讓不讓朕好好用膳？！

「嫂子……？」美玲趕緊扶起她。

「沒事沒事，我只是要敲門……」

丟臉死了！淑芬隨口扯了謊，也看到已穿著完整的男方……

「是你啊！」

天哪，怎麼會是他？老公肯定會反對的……淑芬心想。

「嫂子好。」嗣強禮貌的打聲招呼。

淑芬笑著，也稍稍貼近美玲的耳畔，用著齒縫說：

「那個……快下樓吧。媽去買雞了，她有很多話想問妳。」

看著嫂子的笑容，美玲瞬間明白了情況，她可不想為了這件事，再次跟全家槓上。

「……哥應該去上班了吧？」同樣用齒縫問著。

「他完全不知道……」

兩個女人的齒縫對談，嗣強全看在眼裡，他無奈的吐氣。

看來，還得解決女方家長這一關。

一樓，郭母喜孜孜的在廚房內煮著好料，一旁的餐桌上可沒那麼和樂。

淑芬跟欣怡這對母女倆，雖然沒有血緣關係，可看著男方的眼神，說是親生的也不為過。

「姑，我爸講話機車又不是一兩天的事情，妳怎麼就放在心上了？」

意有所指的是，再怎麼氣我爸，妳也不能隨便找個男人就帶回家睡啊。

況且，她也曾在店內當過工讀，對於嗣強的過去，她多少清楚一點。

「強哥，我記得之前在店裡，你不是交往過一個工讀美眉，跟我年紀差不多的，還同一個部門？」

淑芬用手肘頂了一下欣怡，示意她安靜。可是，欣怡才不是那麼婉轉的女人，她年輕，有自己的想法，難免會傷人於無形。

「……那是當兵前的事情。」

過往被挖出來，嗣強忍不住看了美玲一眼，她只是默默吃著飯，沒有要阻止的意思。

「那麼……是年輕的滋味比較好，還是成熟的……」

「欣怡，夠了。」美玲語氣平和的阻止姪女的造次。

姑姑都開口了，欣怡也只好把嘴巴閉上，可眼神裡透露的不解與不屑卻沒消停。

「來來來……」郭母戴著隔熱手套，端出一鍋熱騰騰的料理，伴隨著醬香而上了桌。

一看那燉菜，美玲只能揚起尷尬的笑容。

「小雞燉蘑菇，你吃正好。」

嗣強搞不清楚這道菜的含義，只覺得鮮香逼人，原本氣氛緊繃的餐桌，瞬間因這道菜而趨緩下來。

「我想睡了，你們吃吧。」

欣怡自顧自的走上樓，她才不想湊這熱鬧，原本期待的迎接姑媽的男朋友，沒想到竟是他，既定的印象，都是當時的回憶，整個感覺都不好了！

「阿強，歹勢，我女兒現在都上夜班……愛睏啦！」

「讓她去睡吧，回頭我再煮豬肉燉粉條給她。」郭母一邊盛著一邊說著。

「謝謝阿嬤！」欣怡在樓上喊著。

「來……阿強是嗎？請慢用。」

「謝謝。」

嗣強吃著一口，香菇的鮮香與雞肉的軟嫩融為一體，伴隨著粉條的滑順，他整個雙眼亮了起來。

「好吃！阿姨，這太好吃了，妳一定要教我怎麼做。」

郭母滿意的看著嗣強狼吞虎嚥的模樣。

「美玲的爸爸是東北人，嫁給他喔，多少也要學些手藝。尤其是這道小雞燉蘑菇，每當姑爺進門前……」

「媽，別講了。讓他好好吃飯吧……」美玲不想給他太多幻想，只能插嘴。

「姑爺是什麼？」嗣強好奇的問著。

「就是女婿啊。」淑芬在一旁剝著橘子餵小牛。

嗣強吃著雞，暗自欣喜的看著一臉不自在的美玲，對於姑爺這個稱呼，心底一陣茫酥酥的。

「你們……交往多久啦？」郭母好奇的問道。

「一段時間了。」

「昨天。」

兩人同時回答不同的答案，美玲不悅的看著他。

「就說過我來講。」

「啊……是多久？」郭母被搞迷糊了。

「一段時間了。」

可郭母沒那麼好唬弄，他看著一旁低頭吃飯的嗣強。

「阿強啊，你說，交往多久了。」

問題突然丟向了他，看著眼前的三個女人，只能配合美玲的說詞。

「一段時間是多久？三個月也是一段時間，六個月也是一段時間啊！」

淑芬看著眼前三人的互動，不免緊張了一下，好不容易安撫婆婆的情緒，要是美玲跟嗣強沒把這齣戲唱好，深怕後頭又是一堆事了！

「呃……媽，哪有像妳這樣的問法啊，跟阿銘一樣，等一下阿強就被嚇跑了。」

「不然要怎麼問？我關心啊！昨晚那種情況，美玲都直接爬到他身上親了，我在想啦，是不是該把婚事談一談了？」

郭母此話一出，嗣強差點沒把口中的飯噎著，咳嗽不止。

「媽，沒那麼快啦……」美玲慌忙的駁回母親的想法。

天哪，我昨晚到底醉成什麼樣子了？媽到底看到什麼？

淑芬下巴都合不攏，沒想到美玲這麼會玩，可是，一想到阿銘可能的反應……

「媽，感情的事情，他們自己決定就好了。」她也決定跟美玲同一陣線。

「美玲啊，趁媽現在還有體力幫妳帶小孩，就趕快生一生。」郭母還是很心急。

天哪，都扯到生孩子了……美玲的臉都快揪得跟包子似的。

「阿強啊，你爸媽不急嗎？」郭母只能往心中的準女婿下手盤問。

嗣強趕緊把桌上的果汁喝了，稍稍舒緩方才的不適。

「我……」

「我們不急，對吧？」美玲故作提醒他。

看著三雙眼睛直愣愣的等著他的回答，嗣強感覺自己正參加一個，事關高額獎金的問答賽，前面還有機會命運可選擇！

他選擇握住美玲的手。

「阿姨，我是真心喜歡美玲，真的好喜歡好喜歡她。」

美玲看他緊握著，再看著嗣強面對母親時的，那份語言的誠摯。

突然之間，有股恍惚。

「喜歡就好啦，什麼時候叫你爸媽來，我們把婚事好好談談。」

面對郭母的一片誠摯，嗣強笑著回應。

「我會跟家父好好討論，相信很快會有好消息。」

餐後，美玲親自把嗣強帶去牽車。

「你說……我叫你把車子停這裡？」她還在釐清斷片後的思緒。

「是啊，妳嫌我車子聲音太吵。」

美玲尷尬一笑，不過，她總算把這車的感想說出來了。看著他洋溢著幸福與春風般的笑容，美玲躊躇著，真不知該如何開下一個口。

「到了公司，記得，不該講的，別說……」

話未完，嗣強抱住她。

「我們之間，終於有了進展。我以為會暗戀妳一輩子，妳會永遠把我當小孩……我現在是妳男人，對吧？」

他看著她的臉，帶著任性且霸氣的幼稚。

「我會跟我爸說的，妳等著。」

就在便利商店外，他吻上她的唇。

美玲亟欲擺脫他的懷抱，這邊的住戶可是老街坊，都是認識的！天哪，可別讓人看到。

「你快去上班吧，記得……別跟人說。」

「為什麼？」

「我……我想低調點。」

嗣強雖然有點不情願，但是，公司的環境，兩人都清楚，還是不宜張揚的好。

他再次吻上她的唇，給自己一個安心。

「妳今晚來我家，不管。」

美玲左顧右盼，好險，只有便利商店的店員看到方才的畫面。

「好……」

「說愛我。」

若是不給他一個安心的答案，這場十八相送不知會上演到何年何月，美玲只能先設法結束這回合。

「……我愛你。」

「我也愛妳。」嗣強甜滋滋的回她。

看著他滿懷欣喜的騎車離去，除了迴盪在耳邊的排氣管聲之外，還有美玲沉重的嘆息。

****

第四篇

相親對象出沒！

剛服務完買傢俱的客人，玉嫻聽見不遠處的腳步聲，是他。

隔絕賣場的檔期音樂，秦嗣強的腳步聲有著莫名的輕快，還能聽見他嘴裡哼出的歌。

從昨天到現在，她直覺勾勒出可能發生的情況，大概明瞭了。

裝作不知道的埋首在電腦前，感覺到嗣強看見自己時的停頓，整理情緒，是的，他討厭自己。

可是，他又有什麼值得讓人喜歡？被大人皮相包裝的青少年，美玲是瞎了眼嗎？被家裡逼著相親，就隨便找個男人……睡？

八成是睡上了，手中的滑鼠，忍不住丟了。玉嫻憤而從另一處離開，連表相的功夫都懶得做。

見著玉嫻離去，嗣強這才鬆口氣，這怪異的女人，能不打照面是最好。

玉嫻氣呼呼地繞了大半遠路，正要往辦公室走去，文雄剛好從裡頭走出。

「玉嫻，阿強來了嗎？」

「在賣場裡頭死著呢！」

狠狠的說完正要離開，文雄趕忙擋在她面前。

「……又生氣了？」思索了一下，文雄找到打開玉嫻情緒的方式。

「沒有。」

「我去揍他……」

文雄故作離開，玉嫻反而慌了，趕緊拉住他。

「沒事的，不要這樣。」

看著玉嫻的臉色放軟，他也不拉開被她握住的手，仰頭微笑著。

「我不隨便生氣，妳也不要常常扳著一張臉。」

「我不笑的時候，本來就很嚴肅。」

「那妳……笑一個好不好？」

兩人就在總機面前上演這齣，保全阿姨饒富興味的看著。

低頭看著文雄的表情，玉嫻雙頰莫名的緋紅，連忙鬆了手。

嗣強巡完負責的區域，正經過總機，就撞見這一幕。

「我去……」他簡直不可置信。

玉嫻欲慌忙離去，等等，我現在要幹麼？啊對，賣場……走沒幾步，不對啦！剛剛賣出的傢俱要聯絡出貨，辦公室……

折返回幾步，又想起訂單還在賣場，剛剛心緒都飄在她猜想的事情上，正事都拋在腦後了……

玉嫻深吸一口氣，告訴自己要冷靜，她回頭，大步走回賣場。

經過嗣強身邊，她忍不住烙下一句話。

「你最好給我認真。」

「什麼？妳……妳什麼意思？」

嗣強只覺得一陣莫名其妙，這句話他聽得複雜，有種無厘頭的責難，卻又像是被抓到什麼的心虛。

「回來回來，別追了。處長找你要下一季的預估。」文雄趕緊把他拉回來。

「什麼意思啊她？沒頭沒腦的，這女人有病！」

「到底是面對處長重要，還是找她理論比較重要？」文雄連忙幫玉嫻緩頰，縱使他也搞不清楚。

「你那喜好，怪怪的。怎麼升她當你助理？」

「喂，秦嗣強，講話客氣點。按照這邏輯，你跟美玲是不是也『怪怪的』？」

嗣強被堵得說不出話來，只能把這事實放在心底，默默的跟在文雄身後進辦公室。

****

「還是跟妳哥坦承吧。」

好不容易張羅完前面的客人，淑芬走到店舖後台，跟正在幫忙煮茶的美玲勸著。

「怎麼坦承？『哥，我被你的話氣到，下午還跟媽吵架，喝多了，不小心跟我的助理上床，呵呵』，是這樣子嗎？」

美玲沒好氣的說，她現在的心情，就跟這鍋裡的茶水一樣，不斷的攪弄著。

「媽那邊，妳要怎麼交代？她已經認定阿強囉！可別讓媽有罪惡感吧……」

好吧，對於母親，美玲真的有種說不出的苦楚跟歉疚，為了不讓媽一直追問，她也只能一整天躲在嫂子的店裡幫忙。

「至於阿強……」

「好，我知道，那邊我會處理。」

怎麼處理？美玲的觀念裡，睡了，當然要負責！

可是，怎麼負責？結婚？交往？跟他？

「其實，我倒是羨慕妳。」嫂子突然語重心長的說著。

「單身，有著自己的生活，財產和自由。如果可以，真的不要結婚。」

淑芬沉溺在自己的思緒中，然後別開頭，逕自往前台走去。美玲邊想著嫂子的話，邊把一旁的糖磚一包包拆開，放入鍋內。

一想到這十年來跟嗣強的互動，她是把他當弟弟一樣看待，在工作上配合度高，又聰明伶俐，可就是那個性，屢屢跟人犯沖，上次促銷排面的爭議，明明尚恩那處理虧在前，被嗣強這麼一鬧，馬修都得要陪笑臉跟安祖說明。

明槍易躲，暗箭難防，尚恩會不會留一手報復，還是個問號。美玲除了得安撫家裡之外，公司也……

「郭美玲妳放那幹麼？？！！」淑芬尖叫。

美玲回神，才發覺自己放的，是嫂子的紅棗枸杞茶磚。

「怎麼辦，這鍋紅茶毀了啦！」淑芬氣得原地踏步。

「就……嫂子，妳把自己喝的放這邊幹麼啦？」美玲也很懊惱自己的恍神。

「我又沒有叫妳放這個，唉唷……」

「就……就還是賣啊！撒尿牛丸都能有了，紅棗枸杞紅茶也可以啊。」

「誰喝啊？我還得多花成本下料欸！」淑芬滿腦子想的都是損耗量跟金額，加減乘除的公式在她的頭頂四處計算。

美玲也只能硬著頭皮繼續，趁著嫂子正跑到前場跟工讀生抱怨時，索性整包茶磚都丟下去煮一通。

「這怎麼賣，妳跟我講，怎麼賣啦！」淑芬直接拉工讀生進來評理。

美玲倒了一小杯給工讀生，她喝了一口後……

「可以啊，加冰塊跟白木耳，算一杯 35 元。」

嫂子楞了一下，帶著懷疑的表情接過工讀生的杯子。

「嗯，是可以……美玲妳下次不要再亂放了。」

美玲也只能點頭，反正，嫂子不要再爆炸最好。

「萱萱，先去隔壁那攤拿兩包白木耳回來，順便再帶一點紅棗跟枸杞。」嫂子連忙吩咐工讀生前去。

於是，嫂子的紅茶攤，今天多了一道限量飲品——棗杞白木喝紅茶（早起白目喝紅茶）。

美玲跟工讀生這會兒，正在市場街道上忙著請人試喝呢！

「銷量還是有的，別再生氣囉。」美玲得空，還得安撫著嫂子。

「好啦，下次別再亂放了。」

回到後場休息，拿起手機一看，大哥早已打了幾通電話，還留了一言：

「趕快回家，有急事。」

****

就在美玲騎進巷內，看到大哥就在門口等著她的回來。

「哥，你今天怎麼那麼早回來？」

美玲看了一下大哥的神色，似乎不是她所想的那樣，已經知情的感覺。

「妳先進來，有事。」

見著哥神情愉悅的招她入家門，美玲疑惑的把車停好，跟著進門。

「呃……你好。」

進到客廳，只見一名穿著打扮簡單卻得體的男子起身，朝她點頭致意。

環顧四周，母親坐在客廳主位，客套出的笑容，是美玲一眼就看出來的。

看樣子，該來的都來了。

「美玲，這位是我公司的經理，姓蔡。」

「蔡先生你好。」

兩人客套的進行招呼，大哥喜孜孜的介紹對方的來歷，身分，以及自個兒在公司是如何被這個小老闆照顧的。

「那……什麼時候結婚啊？」郭母的臉沉了一半。

當然，哥正在喜上眉梢中，哪能聽出母親話語中的意思。

「媽，急什麼……先讓他們倆相處一下。」

「我是說，你跟蔡先生什麼時候結婚啊？把人說得跟青天大老爺似的，你嫁不就得了。」

氣氛瞬間凝結成一片，美玲看著其他人，試圖緩頰。

「那個，蔡先生要不要喝咖啡，我們去外頭聊聊吧。」

美玲趕緊抱著小牛，帶著夾在當中，一臉矇圈的蔡經理離開家中，只聽見老母親跟大哥的戰火已起，後方爭執聲不絕於耳。

匆忙的走到便利商店內，蔡聲語抱著孩子，悠閒的坐在休息區，看著一旁的美玲，正忙碌的跟她口中的嫂子通話。

「我不知道家裡現在吵成什麼樣……我總得保護好哥帶來客人吧？妳有空就趕快回去……電視機不會有事的，兩個大人再怎麼吵，也不會砸掉六萬多塊的東西。」

小牛此時正被眼前的蔡先生逗著玩，美玲倒是覺得稀奇，孩子平常怕生，不常見到的，遇著就哭，可眼前的男人，倒是讓小牛很開心。

「蔡先生，很抱歉。讓你看我們家笑話了。」

放下手機，美玲先跟客人道歉。

「沒事的，郭大哥盛情邀約，可能時機不對，倒是我不好意思。」

「這……唉呀，都是我們的家務事，怎麼把蔡先生牽扯進來，真的對不起。」

兩人互看幾秒，失笑了。

「其實，我親自來訪，也想在只有我們兩人的情況下，好好聊聊。」

「也是……」美玲點頭。

「我目前沒有結婚的打算。」兩人不約而同的，說出這句。

看著聲語的淡然，他接著說出的話，讓美玲瞬間如釋重負。

****

兩人也不知聊了多久，美玲正抱著小牛，帶著聲語回到家時，嗣強早已在門口等著，臉上帶著一股寒意。

「他就是你哥說的相親對象？」

不等美玲解釋，嗣強直接走到他面前，用一種喧賓奪主的姿態表明：

「美玲應該有告訴你，她有一個男朋友吧。」

夾在兩人中間，美玲試圖把嗣強拉開未果。

「你在幹什麼？」

「交往不等於結婚，這也算是公平競爭。」

聲語原本沒有此意，只是見著眼前男子，就是一副流氓樣。

　　怎麼著，也得逗逗。

　　美玲趕緊阻止嗣強欲伸出來的拳頭，她不解的看著聲語一臉淡然，彷彿早已有備而來。

　　「不是都已經說好了？」

　　「說好什麼？妳跟他說好什麼？」嗣強抓住美玲的手，過於激動，反而把她扭痛了。

　　「我一來找妳，就吃妳哥一頓派頭，說妳跟相親對象出去了。妳好啊郭美玲……」

　　「把你的手放開，這算什麼男朋友。」聲語不客氣的反手扣住他的肘子，嗣強那麼大個頭，根本檔不住他的巧勁。

　　「好了，聲語。」

　　美玲簡直裡外不是人。

　　「他已經放手了。」

　　聲語才鬆開，卻見嗣強還想繼續跟他纏鬥，美玲喝斥一聲：

　　「你夠了沒？」

　　嗣強不可置信的看著她。

「妳兇我？妳為了一個外人兇我？反正對方有錢有勢，還是你哥的老闆，肥水不落外人田……」

「不分青紅皂白的亂罵一通，冷靜一點好不好？連我的話都不聽嗎？我現在抱著一孩子，想把他也嚇著是嗎？」

見著嗣強消停些，美玲聲調和緩的繼續說著：

「我把蔡先生帶進去給我哥，你要跟著一起進來嗎？」

「不了……我剛被妳哥趕出來。阿姨為了護我，跟妳哥吵了一架，我覺得……還是別在場好。」

「那你等我，我去把事情說清楚，順便餵貓，然後出來找你。」

嗣強不安的瞄向美玲身後的聲語。

「再怎麼樣，我也是被她哥帶來家裡的。沒打聲招呼就直接離開，這也說不過去吧？」聲語無奈的表示。

「郭美玲是我女朋友，希望你搞清楚這一點。」

聲語的哼笑，帶著嘲諷，直接走進屋內。

「他那是什麼意思……」

「少惹事。」

美玲進門前，再三囑咐著嗣強。

家銘裝作什麼事都沒發生似的，熱切的看著回來招呼的聲語離去。

回頭，一張臉老臭了。

「條件這麼好的男人妳不要，找個黃毛熊孩子……」

「我說啦，你嫁他啊！」郭母在一旁接過小牛，沒好氣的插嘴。

「我不想再跟妳吵了媽……妳什麼都不知道……」

「我只知道，你處心積慮的說服我，想把你妹趕出這個家……」

「吼唷～我沒有這個意思啦！」對於母親的言論，家銘真是有冤無處申。

就在兩人爭執的當下，美玲默默的走上樓，回到房間，餵了貓，坐在床邊。

從床墊及床架的夾層中，拿出私藏的存摺。

出社會後的省吃儉用，好不容易有了這般成果，真的是該搬出去了。

可是，媽怎麼辦？這個家，怎麼沒一天消停過……

美玲仰著頭，望著天花板，她現在只想安靜，哪怕幾分鐘也好。

另一端，聲語走出門外，看著坐在摩托車上，不發一語等待的嗣強。

「這你的摩托車？」

「……關你什麼事？」嗣強沒好氣的回應。

「如果我是你，我會換一台。」

「走開啦！」

「美玲不會喜歡的。」聲語留下這句話後，直接離去。

嗣強心虛的看著他離去，自己也明白，美玲不喜歡他玩車，改車；可是，這是他的喜好，他的世界。

這個世界，不容許別人破壞。

「妳還要出去？」一看到美玲拎著包包下樓，家銘又開始身為一家之主的姿態說話。

「他在外面等妳？看阿強那樣子，妳真的確定要跟他在一起？」

「那是我的事。」美玲不想被他影響情緒，她得一個個的把事情解決。

「郭美玲，他配不上妳。」

「你先把自己管好吧……」郭母才要幫腔，立刻被她打住。

「我出門了。」

門才打開，家銘氣不過的又在客廳嚷嚷：

「不要說我這個哥哥沒提醒妳，好好想想。」

嗣強在門外，看著門裡的美玲，兩人都聽到了這話。

美玲沉默的將門關上，隔絕家裡的紛擾，她心裡也有了主意。

「……我們談一談吧。」

「我不想談。」嗣強一口回絕美玲的要求。

「那你就回去。」

「妳什麼意思？我等了妳半天，被妳哥嫌棄，還看到妳跟另一個男人笑著走回來，現在妳要我回去……」

「這是我的生活，你是用什麼角色關心我？」

「我是妳男人！」

「睡過，就算是嗎？」

嗣強瞪大雙眼，不可置信的看著美玲。

「秦嗣強，我們本就是不同的世界。昨晚，我很抱歉，我真的心情不好，也喝多了，失去該有的分寸。」

「……妳現在是想甩了我？」

「沒有開始，何來的甩？」

嗣強試圖消化美玲殘酷的話語，可畢竟心態尚未成熟，他根本無法接受。

「昨晚是我自己在幻想嗎？」他近乎大吼的問著。

「我很抱歉。」美玲把自己抽離，放空，漠然的看著他的崩潰。

嗣強握著安全帽的手高舉，他氣憤的想砸向眼前的女人。

美玲緊閉雙眼，別過頭去，她知道自己的話，勢必會換來一擊痛打。

幾秒鐘過去了，沒有任何事情發生，睜開眼，嗣強正發瘋的打著她旁邊的牆。美玲想阻攔，但她的理智告訴自己，伸出手，任何事情都沒完沒了！

嗣強打累了，手中的安全帽罩也被砸壞，他靠著牆壁放聲大哭。

期間，幾個鄰居聽到聲響，不時的透著門窗偷看，美玲已經不管他們的注視跟評論，她只是在做著，自認為該做的。

是的，她沒有信心，也沒有勇氣，美玲感覺不到跟嗣強的未來。

縱使兩人相處已久，無話不談，但這段關係，僅此於姐弟，只是個朋友。

想想不免心酸，她已經沒有豪賭的勇氣，美玲的青春歲月，都給了家庭與公司，她註定是個好姑姑，好主管。

愛情，碰不著，攀不起，也沒膽嘗試。

「郭美玲……我真的愛妳很久了……」嗣強哭得狼狽，鼻水橫流，一臉的敗相。

「你還會遇到適合的……」

「我誰都不要！我他媽的只要妳！」

沒有她，沒有自己。

十七歲時，一個即將被掃地出門的工讀生，幾個朋友騎著改裝機車，正在外頭等他。

他屌兒啷噹拿著離職單往辦公室走，美玲正惱著人事幫忙，快點找幾個人來。

單子才放到人事桌上，立刻被美玲拿起。

「秦嗣強？」美玲一雙眼迅速的掃過他全身。

「幹麼？」對於莫名的被點名，嗣強還有點不悅。

「不要走，到我那裡。」

「……妳是有病喔？」十七歲的嗣強，講起話來絲毫不客氣，反正自己都要離職了，這個爛公司他以後也不會來。

「是啊，我心慌……沒人呢！到姐姐這邊來吧。」

「無聊。」嗣強頭也不回的往外走。

「明天直接來找我喔！」

「老子我不幹了！」

「才幾歲而已，別說自己老啊。你這樣子，我都要哭了。」美玲在身後嚷嚷著。

他停步，回頭看著笑臉盈盈的女子。

「乖，明天報到喔，直接來找我，我叫郭美玲。」

嗣強心中一股莫名的情緒漾起，這裡對他而言，是個狗屁倒灶的地方，助理機車，主管更機車！眼前的女人竟然還願意接收他？

回憶湧現，事已至此。

「當初是妳求我留下來，如今妳又是怎麼樣的翻臉不認人……是妳太絕情，還是我太認真……」

「是我的錯，對不起。」美玲也只能想到，這樣簡潔的回答。

她的道歉，宛如一把刀，割裂嗣強心中的期盼，他惡狠的看著她眼中的淡漠。

「都不會覺得難過？還是妳本駕輕就熟？」

「……是我的錯，對不起。」

「玩弄我的感情，很好玩是嗎？！」

一句句不堪入耳的髒話出口，音量大到驚動家銘直接衝出來回罵。

「你再不離開，我馬上報警！」

「報啊！你報啊！」

「哥你回去，我來處理。」美玲慌了手腳，她哥簡直是提油來救火！

「反正你們都瞧不起我！都在耍我！我還要這臉面做什麼？！」嗣強暴怒到直接把安全帽摔在地上咆哮。

「哥你回去啦！」美玲直接推他哥進入家門。

結果，不等家銘報警，已經有熱心又多事的鄰居打了電話，警車已經到了巷口，幾個一毛二下車就往這裡走來。

所有人瞬間安靜，就連嗣強也是。

「有人報警說，這裡有感情糾紛，需要協助嗎？」

「不用了，警察先生……」

「把這個人帶走，他騷擾我妹……」

「你給我閉嘴，郭家銘！進來！」郭母不知何時走到門口，見著眼前的狀況，趕緊叫兒子先進來。

「媽妳才進去！」

「我騷擾什麼了？你妹欺騙我感情欸！」

「我沒……」美玲本想辯解，可一想起自己就是那個始作俑者，嘴邊的話也只能收回。

「我很抱歉，阿強。你回去吧。」

「我不要，妳跟我一起走。」

嗣強硬是拉起美玲，兩方又開始僵持。

「先生，你冷靜點，這樣事情不會解決。」一名警察試圖緩頰。

美玲看著警察伸出的手，再看著嗣強揚起的怒火，她很清楚下一秒會發生的事情。

再不擋，就來不及了！

「關你什麼事！」

嗣強的拳頭揮向警察的那一刻，美玲擋在兩人之中，只覺得莫大的痛楚與暈眩，隨即倒在地上。

接下來的情節，她再也沒有印象，隱沒在人群與吵雜之中。

****

第五篇

嚚張沒落魄的人！

「我就說嘛！秦嗣強這傢伙是怎麼上位的？還不就是靠著男女關係。」

辦公室裡，尚恩跟旗下助理看著手機裡的訊息，爆料社團裡的影片，冷嘲熱諷似的說著。

玉嫻專注面對電腦裡的訂單，外面的世界化作訊息，流進她的耳朵。

她不動聲色，應該說是，當她正疑惑美玲與嗣強兩人怎麼未到公司時，就已經猜到事情不對勁了。

「你看你看……這力道，不死也半條命了。」

玉嫻心中一緊，從方才的敘述，她快速整理了影片內容。

無非是某個住在美玲家附近的網友，正好看見這場鬧劇，就這麼拍攝下來。

只是，秦嗣強打她！那混帳東西！

玉嫻本想開口罵聲粗話，卻被一旁盯著她許久的文雄給攔下。

「把咖啡喝了。」

今早的一陣亂流，文雄才處理完美玲部門的事情，趕緊把手中的咖啡遞到玉嫻眼前。

「馬修啊，怎麼你底下的人私生活那麼亂，該管一管了吧。」

隔著一排文件櫃，尚恩直接對著馬修，語帶揶揄的叫囂著。

「甘你……」

「哈哈，年輕人嘛！」馬修坐在自己的位置上，放聲大笑。

兩方的處長正在攻防之際，文雄擋住玉嫻回頭的怒目。

「訂單再不上傳，小心總公司不接了。」

他接過玉嫻正握著的滑鼠，幫她把訂單送出。

「現在正亂著，別被對方攻破。」文雄在耳邊低聲說著。

「到底發生什麼事？怎麼會變成這樣？」玉嫻一方面擔心美玲的狀況，一方面看著文雄握上來的手溫感到心慌。

「……我以為妳什麼都漠不關心，像是一塊冰。」

玉嫻感受到他指尖傳來的熱度，哪怕只是摩擦她的指甲。

「要帶妳去看美玲嗎？」

「要……順便帶我去揍秦嗣強那混帳。」

「他是誤傷到美玲……」

「我管他誤不誤傷……」

「噓……」文雄示意她安靜。

「我只有保護一個人的能力，那就是妳。最近少跟他們起衝突，上次那會兒，妳不在，也好險妳不在……」

玉嫻側頭，看著他一臉擔憂的面容，其實她明白，明白透了！自己一直都是個奇怪的人，沉浮在公司多年，有哪個主管會對自己呵護備至，溫柔在心呢？

只是，能否接受一個外人進入自己的世界，這是玉嫻始終裹足不前的原因。

「今天臨時要開會，明天下班我們一塊去找美玲。嗣強的部分，我來處理，他現在一定很亂。」

此時，安祖臉色凝重的走進辦公室。

「馬修，進我辦公室一趟。」

玉嫻把注意力轉移到店長的身上，察覺他的臉色不是挺好，有可能是為了美玲的事情，但是……似乎太過了。

「看吧，都鬧到安祖那裡了。我要是你，為了往後的仕途，也為了你的退休金，勢必得處理一下美玲跟嗣強吧？」馬修進門前，尚恩得意的提醒他一句。

可向來安順的馬修，此時全變了一個人。

「尚恩啊，但凡是人，都得給對方一條活路。你可以不喜歡我的下屬，但是，他們是我這處的員工，你管得也太多了。」

「我是提醒你……」

「先管好自己吧，涂尚恩。」馬修屬色的堵回去。

看著馬修進入辦公室，安祖竟罕見的拉起百葉窗，隔絕外頭的視線，正當玉嫻思索其中的原故，文雄又再一旁提醒她：

「明天，我們先去吃個飯，再去醫院找美玲……」

玉嫻對上他的眼，這般別有深意的注視，文雄盼了好一段時間。

不再嚴屬，不帶戾氣，淡淡的，隱約透著點溫柔。

「我明天下午有事，會先離開公司。」

也不管他人有無注意，她握住文雄的手。

「等我電話，好嗎？」

這反常的舉動，讓文雄的心裡揚起一陣狂喜。

「好啊，我下班打給妳。」

玉嫻起身，離開了辦公室，其實，她早先就在思考著另一件事，一直在等適當時機開口。

但是，文雄那邊，她不敢說。唯一能問的美玲，此時又陷入了風暴。

在長廊一處，她回頭，看著低氣壓的辦公室內，唯獨文雄雀躍的坐回位置上，看著報表。

真希望，明天的報告，能給彼此一個好消息。玉嫻心想。

****

嗣強在警局待了一晚，直到天亮，秦父才匆忙來保釋他。

「秦嗣強，你父親來帶你走了。」一旁的員警走到他面前，準備幫他解開手銬。

嗣強整夜未闔眼，滿腦子亂成一團死結，那拳頭不偏不倚的打在美玲的臉上，他望著自己的右手出神，巴不得這隻手就此消失在眼前。

「兩個人昨晚，疑似是談分手，結果誤傷對方，整個人是情緒失控到要自毀。所以……四肢都銬上了。」

正在值勤台的警察，試圖用和緩的語氣，跟著面色凝重的秦父，說明他的孩子為何被五花大綁般的銬在位置上。

「那女孩沒事吧？」秦父聽到關鍵字，趕緊問著。

「目前在醫院裡，應該是沒事，可能……驚嚇還是有的，女方的哥哥情緒比較激動，至於當事人，表示不願意提告。」

聽到不願意提告，秦父的心總算落了一半，但是，一股怒火還是揚起來。

「喂！你又要幹麼？快來人……」

所有人的目光往聲音處望去，只見嗣強不斷在捶打自己的右手，甚至欲揮向後頭的玻璃窗，被解銬的警察攔下。

在場的警察全部壓了上去，嗣強沒命似的大叫。

「讓我死，這手我不要了！讓我死啊啊啊！」

秦父直接衝過來，揪住他的領口，一個又一個的巴掌就往兒子臉上招呼下去。

「你有爽啊沒？啊你是有爽了沒啊？！」

嗣強一回神，見著父親的怒目跟哀容，混亂的思緒一夕崩落，面容扭曲的放聲大哭。

　　最後，還是由警方叫了救護車送到附近的醫院，開了安眠藥讓嗣強服下，再讓秦父辦理保釋手續。

　　秦父沒法獨自搬動已沉睡的兒子，只能請鄰居幾個男丁，一人一邊的把嗣強帶回房內就寢。

　　這段回家的路，秦父感到無比漫長且心酸。

　　他始終覺得對不起兒子，守不住家庭，守不住他母親。

****

　　傍晚時分，玉嫻走進了病房，手上還提著一盒兩大瓶日本進口的蘋果汁禮盒。

　　除了坐在病床上的美玲，其他人都是沒見過的生面孔，這讓她莫名的心慌，甚至想轉身逃跑的衝動。

　　「妳是……？」家銘防備性的問著。

　　玉嫻的腦袋目前當機中，她嘴巴呈現「O」字型的狀態，根本無法回答。

　　「哥，她是我同事。」

　　「嗣強那邊的人嗎？我跟妳講啊郭美玲，妳不告他就算了，保護令……」

「你好了沒啊？能不能消停些？十分鐘前就叫你回家陪媽了，她現在在家肯定全身不舒服，又要顧著小牛……你看，電話又打來了。」

淑芬只能拿起電話，哄著婆婆，說些善意的謊言，眼神還示意著郭家銘「你能不能趕緊滾回去？！」

「那個……欣怡，雅慧，跟我回家。」

「我會把貓顧好的。」欣怡俐落的拿起包包，跟姑姑說著放心的話。

雅慧則是收起了課本跟手機，直接跟在父親身後離開。

見著他們離去，剩下的三個女人都有如釋重負的感覺。

「那個……拿去吧。」玉嫻直接把東西放在一旁的椅子上。

「人來就好，幹麼花那個錢？」

「我不來這裡的話，就要去秦嗣強家揍人了，雖然文雄不讓我這麼做。」

「真的該去，妳長得那麼高大，跟他有得比，一定要把他……」

淑芬看著美玲低頭不語，也就不好再說什麼了。

「我去買晚餐了。」

淑芬趁機開了小差，連忙帶著手機出去打給雅慧，要她回家後好好吃飯，好好念書。

玉嫻坐在一旁的椅子，看著美玲臉上靠近顴骨的地方，有著明顯的瘀青。

「那王八蛋打妳，不手軟啊，跟當初揍我一樣狠。」

「他不是故意的，嗣強本來就很衝。」

玉嫻可不接受這樣的說法。

「因為『他是愛我的』，那樣的原因嗎？」

這句話，帶有濃濃的調侃，也傷及到美玲的內心。

「姑且不論妳知道多少事情，我要妳道歉，因為我不是那些笨女人。」

玉嫻還是坐在位置上，一臉的莫測高深，帶有居高臨下的態度。

「我承認，那天晚上我真的喝多了，跟秦嗣強是上了床，但事後我很後悔，我打破了上司跟下屬的關係……」

「妳對他，可是一切。不是妳後悔，說聲對不起就可以彌補的。」

那段被熱心網友拍攝的影片，玉嫻稍早前已看過，所幸美玲背對著鏡頭，還能躲過往後的流言蜚語，嗣強就比較麻煩了……那頭金髮過於顯眼，公司的制服還穿在身上呢！

兩人陷入了沉默，直到玉嫻開口：

「對不起，我剛剛思索了一下，是不該對妳說出這些過分的話。我要設身處地的替朋友著想，就算他們的字詞，情緒用在不對的地方，也得讓他們抒發完之後，再行輔導。」

玉嫻的檢討向來條文式，這也就是為什麼嗣強跟她水火不容的原因，兩人的處事方式真的差別太大！

「……文雄怎麼沒跟妳一起來？」美玲試著找話題聊。

提到他，玉嫻不禁搖頭嘆氣，她思索了一會兒。

「美玲，如果明天晚上，只有文雄一個人來，幫我一個忙。」

「怎麼了？」

「幫我跟他提離職，即刻生效。」

美玲身上已經夠多事，再加上這齣……

「是怎麼了？」她不耐的望向玉嫻。

「妳就算鈍得跟恐龍似的，也得明白了吧？妳不喜歡文雄，對他沒有感覺，妳就說嘛！叫他不要來纏著妳嘛！」

美玲講完，才發覺可笑之處。

旁觀者都看得透徹，說得容易，可變成當事者時，個個都瞎了眼，變成了啞巴或是語言遲緩。

「我喜歡文雄，我喜歡他對我好。」玉嫻悠悠的從口中說著。

「那妳……」

「每個女人都希望，喜歡的男人對她好……我明天要去一趟醫院，看報告。」

「……妳生病了？」

「身心科的報告。」玉嫻定睛的看著美玲。

對於玉嫻的回答，美玲真不知道該怎麼回應，只能靜靜聽著。

****

嗣強醒來，已不知何時的事。

　　恍惚的起身，街燈依舊照著房內，一個人的黑夜，這是他熟悉的場景。

　　沉重的步伐走到房門，本想開門，只聽見外頭一個女人的啜泣聲，悄悄開了門縫，父親背對著房門，嗣強見著的，是哭泣的廖阿姨。

　　「也好，這樣也好。」廖阿姨拿起紙巾拭淚，壓抑悲傷的情緒，試圖揚起笑容。

　　可面對廖阿姨的秦父，心裡也同樣難受。

　　「嗣強畢竟是我兒子，這次的事情，我想……還是把父親的責任做好，才是上策。秀滿啊，如果有更好的對象，妳就跟了吧，我們還是朋友嘛！」

　　嗣強默默的聽完兩人的對話，見著父親把廖阿姨送出門，騎車離去。秦父又坐回了藤椅上，低頭不語，雙肩顫抖的哭泣。

　　他關上了房門，隔著一個空間，秦家的父子都在淚水中懊悔。

****

　　隔天，美玲望著手機出神。

關心的電話始終沒有停過，唯獨少了嗣強。大哥已經氣消得差不多，只是，不希望自己再跟他來往。

都是公司的同事，怎麼可能沒有來往？無非就是要求，自己能離開服務十三年的公司。

昨晚，她跟玉嫻聊了很多，美玲深藏太多事情，不論好的壞的，她的離去，也會帶走一些紛紛擾擾。

文雄倉促的走進病房，手中還握著手機。

「雄哥啊，剛下班？」欣怡正收拾著行囊，明天就要出院。

文雄虛應著點頭，手機仍不時的按著通話鍵。

美玲知道是什麼情況，不禁輕嘆了口氣。看來，玉嫻先走了一步。

「欣怡，幫我去買點吃的吧。」

欣怡一眼看出姑姑眼神中的意思，再看著文雄魂不守舍的模樣，趕緊點頭出門了。

靜靜的看著他重覆數次，美玲乾脆開了口。

「打給玉嫻嗎？」

文雄楞了幾秒。

「是啊，約好要一起來看妳的，現在聯絡不到人。妳知道嗎？我這一兩天跟她進展神速，真的……」

看著文雄徜徉在幸福的模樣，美玲真的開不了這個口。

姜玉嫻啊……妳走得倒輕巧，讓一個在病榻上的我幫妳收拾爛攤子，真想揍妳！

「玉嫻昨晚來過了。」

文雄瞬間回復神智。

「啊？」

「她請我幫一個忙。如果今晚，只有你來找我，那麼……她請我跟你說，她要離職，即刻生效。」

文雄的臉瞬間刷白，他不可置信的看著美玲為難的表情。

「她昨天真的來過？」

「她送的禮盒就在那裡，不信你看。」

文雄走到一旁的沙發，看著禮盒上的小卡，早日康復的字跡……

「文雄，我很抱歉，以我們多年的交情，我是該早點告訴妳。可是，玉嫻有她的原因……沒錯，她不告而別，是她的不對……」

「我大概也猜出來了。」文雄看著禮盒，背對著美玲。

「下午過後，我傳訊息給她，未讀。我打給她，已經停號了……有說是為什麼嗎？」

美玲躊躇著，不知該不該開口，她答應過玉嫻的。

「因為她本身的狀況嗎？」不等美玲回答，文雄逕自說出答案。

他蹲下，摸著玉嫻送來的禮盒。

「我早看出來了，她以為我這個課長是笨蛋嗎？依照她的為人處事，在別的地方，縱使能力強，表現好，一樣是等著被人罷黜，沒人會救她的。」

一直以來，文雄就是個好好先生，對誰都客客氣氣的，所以，縱使玉嫻個性怪，說話常得罪人，文雄也都是寬容以待，適時提醒。

這樣的寬容，在職場上不光是生存，也是為了守護。

「尋常女子有的溫柔，她沒有。她老是跟嗣強起衝突，我也覺得沒關係……無所謂，什麼都無所謂……」

「或許因為如此，她才會離開吧。」

文雄低頭不語，試圖消化自己的情緒。

「妳該不會也要走吧？」半晌，文雄才開口問著美玲。

「這件事情，鬧得那麼大……我不想打斷嗣強的仕途，所以……」

「先別走。」文雄起身，回頭。一雙泛紅的眼睛突然嚴肅起來。

「公司出事了。起碼，先把我們這處給弄穩了。」

****

我愛郭美玲

第六篇

真的就結束了嗎?

馬修向總公司舉報尚恩收受回扣的事情，由於涉及逃漏稅等情事，上層高度關切。

當警方提著搜索令到店搜查，也從會計那兒帶走多年的帳務資料，尚恩深知紙包不住火，自行離職，卻也保不住安祖的位置。

馬修年事已高，早在事發前申請退休，這把火，他燒得正是時候，公司內部亂成一團，自然也無心去理會他人的「感情糾紛」。

嗣強申請留停，整處群龍無首，馬修這邊徒剩美玲與文雄撐著自己的部門，直到新的人事進駐。

縱使文雄一再挽留，美玲還是交了離職單，當她抱著自己的紙箱走出公司，她不禁回頭。

原來，十三年的時間，也只留下懷中的這堆東西。

她想起了嗣強，其實，她不後悔收他入自己的部門；或者說是，能救他的人生，美玲沒有後悔。

縱使後頭有了荒腔走板的結束，可就算現在碰面，有什麼意義呢？徒增難堪罷了！

「郭美玲，妳也走真快，讓我送妳一下吧。」文雄從出入口跑了出來，喘著大氣。

「我已經很久沒有準時下班了。」

「妳之後有什麼打算？」

「可能……先暫時當米蟲吧？我真的好想睡到自然醒。」

「那……妳有想留話給嗣強嗎？」

美玲思索了一下，笑了。

「你還會等玉嫻嗎？」

文雄聽出這問題的含義，指著美玲的食指直晃著。

「記得保持聯絡。」

美玲點頭，兩人走到了停車處。

而在騎車回家後，看著手機的未接來電，是馬修。

****

嗣強回公司上班，已是三個月後的事。

若不是一頭的金髮已變成了六分頭，總機的保全阿姨還以為是哪一家的廠商，直呼著叫他押證件才能入賣場。

「……歡迎回來。」文雄無法言語心中的喜悅，只能微笑代替。

嗣強瘦了，以往桀驁不馴的神態已不復見，說是改過自新也好，或是狼狽不堪也罷，除了幾個老面孔還在私下議論他的事以外，其他的都以為是新來的員工。

「嗣強，歡迎回來。」當初的人事，因為這次風暴，成為該店的會計課長，她也是看著嗣強長大的老員工，今非昔比，暗暗帶點感觸。

文雄帶著他辦理了復職，才步出辦公室，就看見一群人走來。

「你就是秦嗣強？」

帶頭問著的，西裝筆挺，半白的頭髮向後梳著，一臉嚴肅的看著他。

「哎呀，是阿強啊。隔著一段時間沒見，怎麼瘦了？你那頭金髮呢？不是你的招牌嗎？」一旁跟著的，是尚恩的舊部，趁機揶揄著。

「是的，我是秦嗣強。」不想理會那些紛擾，嗣強回應著。

「嗣強，這位是我們的新任店長——查理。」文雄介紹著。

　　嗣強鞠躬，隨即走出了辦公室，怎麼換了人當頭，這辦公室的氣味還是一樣的噁心？

　　「那個秦嗣強一向都是這樣，目中無人，頂撞上司……」

　　「頂撞什麼？怎麼頂撞的？剛剛頂撞了嗎？」文雄毫不客氣的連三回。

　　「店長，嗣強剛復職，人事變動太大，先讓他緩緩吧。」

　　文雄說完，也走了出去。

　　看著賣場的一切，嗣強的心裡是空的。幾個員工看到他的回歸，還是開心的迎接，只是，沒有她。

　　回公司之前，他找過美玲。

　　先是被她哥趕出家門，再來，透過關係，找到聲語常去的場合，試圖找到美玲的蹤跡。

　　直到他看見店門口，掛上一道道的彩虹旗，他才放下對聲語的敵意。

　　文雄娓娓道來這段時間發生的事。

　　「我們真的小看馬修了，還以為他只是在等退休，誰知道這段時間，他一直在蒐集尚恩收受回扣的證據，越挖越大，連安祖都被牽連。」

「想得出來。」

「什麼？」文雄還反應不過來。

「馬修以前是安全課出生的，也曾風光過。」

「服務單位怎麼會跑到我們營業單位來？」

「辦公室戀情……總機的阿姨是他老婆。」

文雄詫異的表情，讓嗣強忍不住失笑。

「怎麼沒看到玉嫻？」

文雄挑眉，用一種不在乎的態度，掩蓋心中的落寞。

「我已經把小石申請上去，下個月他就升助理了。」

「你跟她之間怎麼了？」

「人要走，我也留不住。」

「……該不會是因為我吧？」

「對她而言，你算哪根蔥？」

「也是，哈哈！」

****

　　嗣強回來後，一直埋首於工作之中，不過問別的事，其他人也很有默契的避開這類的敏感話題。

　　只是，還是有幾個人，會莫名的挑刺。

　　「唉，以往這些排面有問題，都是尚恩在處理，可風光的呢！」

　　又是一年一度的大檔林立，說來也真巧，還是同樣的位置。

　　「是啊，當時還有美玲姐在呢。」

　　幾個想找事的，看著嗣強身邊沒有文雄在，開始走到他面前。

　　「喂，秦嗣強。你說這排面怎麼辦？」

　　嗣強望著陳列架一眼，繼續上著貨品。

　　「等等我們要上烤肉架。」

　　「可是，我們的東西也要上呢！」

　　一張單子就這麼擋在眼前。

　　「這次是店長親自檢查過的，我們可沒收什麼莫名其妙的錢。別再誣賴我們不講理囉！」

　　嗣強挺起身子，高大到找碴的幾個人，忍不住往後退了兩步。

　　「你……可別揪我們的領子啊！」

　　「我們的東西已經放在前面，掛鉤也上了，就剩上架而已。凡事有個先來後到，你們東西沒來，爭取什麼……說不過去吧？」

　　嗣強說完，繼續做著他的事。

　　「別……別以為你站得住腳，要不是看在美玲姐以前對我們還不錯，我直接掀了你的排面……」

　　「先來後到是有什麼問題嗎？」查理在一旁不知站了多久。

　　看著那些人各個嘴巴緊閉，做鳥獸散，嗣強也不想多說什麼，繼續埋首於木炭中間。

　　「文雄呢？還有其他人？」查理走到中間，巡視四周。

　　「先帶去吃宵夜了，等等就回來。」嗣強邊搬著木炭邊回答。

　　只見查理脫下西裝外套，把襯衫袖子捲起來準備幹活。

　　「那個……店長沒關係的，我們自己來就好。」嗣強語帶錯愕。

「沒關係，你做你的。」

查理熟練的把棧板上的膠膜割開，迅速的把落地貨品上架陳列。嗣強倒是對這個新任店長好奇起來，看起來年紀有了，也不知能幫到多少忙。

「別再稱量著我啦！木炭擺好就來我這邊，我們一板一板的上。」

「喔⋯⋯」嗣強心中一驚，他不是背對我嗎？怎麼知道我在觀察他？！

查理回頭。

「快點！」

多虧了這老頭幫忙，預計凌晨才能結束的陳列，提前到了十二點前搞定。

查理得意的拿起手機，把今晚留下來加班的員工，全部集合起來，自拍合影。

當然，他刻意把嗣強跟剛剛找碴的幾個人擠在一起，蹲在第一排。

「肩膀攬好啦！以前我那幾個兒子吵架時，也是這麼解決的。」

　　嗣強就在中央，一臉不自在的攬著其他人，彼此三方互相嫌棄著。

　　「好了，大家笑一個啊！」文雄倒是幸災樂禍的當起攝影師的角色。

　　照片拍完了，查理還沒有放過嗣強的意思。

　　「走吧，吃宵夜去。」

　　嗣強才從更衣室拿著安全帽出來，就看見查理已經在外頭等他了。

　　「店長，改天好不好？我還有事……」

　　「我老婆煮好菜了。」

　　嗣強這下真的無話可說了。

　　「店長你沒開車啊？」

　　騎去查理家的路上，嗣強直覺得疑惑，身後還載著自備安全帽的店長。

　　「我都給我老婆載。」

　　「喔……」嗣強越想越奇怪，怎麼跟他想到的店長形象大相逕庭。

　　騎了約半個小時的車，一棟不起眼的平房，門口亮了一盞小燈，似乎等待家中的主人回來。這場景，跟自個兒家門口如出一轍。嗣強把車停好，不禁微笑著。

　　「現在才回來？小弟，謝謝你啊。」屋內走出一身影，嗣強連忙鞠躬。

　　「還不快進來？」

　　「我打個電話報平安。」

　　「快點啊！」

　　「哎呀，夠了你。還以為在軍中啊？」

　　「把我櫃子那『珍藏的』拿出來……」

　　看著店長夫妻一人一句的走入屋內，嗣強一邊拿著手機打給父親，一邊擔心著剛剛聽到的話……該不會要喝酒吧？

　　直到入了屋內，他才放心的喘了大氣。只見夫人從櫃子裡拿出茶葉罐，查理正在茶桌前燒著開水。

　　「坐吧。」

　　嗣強坐在小木椅上，頭一回要品茶，左顧右盼的模樣甚是滑稽。

「沒品過茶？」

「算是品過吧……」

「普洱？烏龍？碧螺春？」

「……茶裏王。」

正在置茶的手停了一下，查理斜睨著他一眼，繼續專注在桌前。

嗣強暗暗的罵自己一聲蠢。

夫人從廚房裡端出兩大碗公的飯，上頭添著飯菜。

「盡量吃吧。」

「沒辣椒？」查理嫌棄的問著。

「拉倒吧！醫生說要清淡！」夫人毫不客氣的回應。

直到夫人再次走進廚房，查理心虛的往那方一看，從茶桌底下偷偷拿出一茶葉罐，打開，取出一瓶辣豆瓣醬。

「店長，夫人說……」

「噓！」

嗣強只好低頭吃著飯，裝作沒看見。

「復工這段期間，還習慣吧？」查理迅速把飯菜拌著。

「可以。」

天哪，這菜的味道……真不是普通的淡！

「是不是？沒味道。」查理看出嗣強的表情，忿忿不平的繼續說：

「醫生說我吃東西要少油少鹽，又不是不放油鹽，每天回家都吃這些……都快做仙了！」

「說什麼呢？」夫人從廚房洗完鍋子，探出頭來質問著。

「說公事呢！」查理變臉的速度也挺快的。

嗣強邊吃飯邊看著牆上的照片，還有幾個帶有年分的，表框的獎狀。

「店長，你以前是職業軍人？」

「退伍很久了，一出來就被朋友騙進了公司，直到現在。」

「誰啊？哪個沒良心的？」

查理看了他一眼。

「你前處長，馬修。」

嗣強楞了一下，隨即大笑。

「臭小子，笑什麼？」

「沒想到，店長看起來那麼嚴肅的人，竟然跟馬修有淵源！」

「什麼淵源……說是無緣也不為過！混帳東西，當初把我騙進公司當安全課助理，結果自己轉營業單位；等我當了課長，他跑到這裡當處長；我成了店長了，他給我退休！」

嗣強嘴裡含著飯菜，雖說是幸災樂禍，倒也笑得含蓄。

「馬修臨走前，跟我交代了一個人，美玲。」

查理拿起一旁燒滾的熱水，倒入茶壺中，進行溫潤泡的過程，順便溫杯。

「美玲離職前，也跟我交代一個人。」

嗣強的表情變得複雜。

查理斟的第一杯茶，放到他面前。

「她說，秦嗣強是個聰明的孩子，雖然衝動，卻也直率。很快的，他會回來，不論他何時回來，理由為何，請店長務必照顧他，升任他為課長。」

「我問她，你們的事情；美玲說，昨日已成過去，時間終會沖淡一切。」

查理看著嗣強呼吸的起伏，他也年輕過，明白身為一個男人，視情為何物的滋味。

「店長，就別再提她了。」嗣強一飲而盡，滾燙的茶水讓他吐出直喊痛。

「茶不是這麼喝的，年輕人。」查理趕緊拿著一旁的礦泉水給他。

喝下一大口水，嗣強顯得有些狼狽。

夫人切了盤水果後，直接進房睡了，進去前，還特別叮囑自己的丈夫要洗碗，茶桌要整理乾淨。

「好了好了，知道了。」查理不耐的回應。

「我帶部下回來吃飯，給我點面子好不好？」

「是，輔導長！還部下嘞……」夫人沒好氣的關上門。

查理自顧自的碎念，看到嗣強在眼前不發一語。

「你還好吧？要不要喝一杯？」

「我戒酒了。」

「那好……不喝也好。家裡的酒都被我老婆扣住了，看得見喝不著。」

「酒真的不是好東西……」

「的確。」

「那天，我要不是喝了酒，膽子大了，敢把心底的話跟她說……也許，我可以一直在她身邊，能一直這樣子，多好……」

查理靜靜的聽著。

「我覺得，我把所有人都害了。美玲走了，我爸的女朋友也沒了……如果一切都沒變，那該有多好……」

「一切都沒變的話，你還是那個自視甚高的秦嗣強，美玲永遠得幫你收拾爛攤子，調停你跟其他人的關係。」

「長大吧，秦嗣強。美玲離開前，要我這樣告訴你。」

「店長，你知道美玲去哪裡了嗎？」嗣強紅著一雙眼的看著查理。

「每個員工來來去去的，我不可能每個都追問。但是，美玲是個好員工，她請求我的事情，我勢必得做到。」

「最近，你就外調吧，有家新店快開幕了，我已經跟你們處長說，讓你去支援一個禮拜，算是資格考，好好幹，下個月

就動身。等你回來，我親自泡茶給你，那時採收的冬茶，口感細膩，論喉韻香氣，都是上乘。」

「店長都是帶員工回家談公事嗎？」

「不見得……公司那裡，有時候烏煙瘴氣的，身旁一堆妖魔鬼怪橫行，大多是小鬼，不成氣候。」

這樣的說法，嗣強不禁破涕微笑。

前往支援的第一天，好不容易抽出時間，嗣強帶著該店的幾個新進人員去覓食。

這裡可是個新興開發區，外頭的小吃店離賣場起碼有一公里的車程，嗣強乾脆穿上了夾克，也吩咐其他跟著的人一起。

走在生鮮處的賣場，嗣強看到一個熟悉的身影。

「要幫妳把鳳梨削皮嗎？」安祖穿著蔬果課的圍兜，正在幫一個阿嬤處理水果。

嗣強忍不住走過去，剛好與他打了個照面。

「……恭喜你，要升課長了。」安祖服務完客人，淡淡的對他說。

聽說，安祖為了要留下，自動升請降級，只是……

「沒想到在這裡見到你。」

安祖客套一笑。

「重新開始，不算什麼。我是打不倒的。」

「我……」

「安祖，補一下菜區喔！」一旁的蔬果課長匆忙的吩咐著他。

「還有什麼事嗎？」

嗣強原本想說什麼，可身後幾個員工正嗷嗷待哺……公司就是如此，人來來去去，跟安祖或許此生當不了什麼朋友，可與他之間無冤無仇，心裡還是祝福他的。

「你一定會成功的。」

安祖哼笑一聲，回頭做事。

嗣強繼續帶著人去賣場覓食，不時回頭看著安祖。想起之前，他還是一個西裝革覆，皮鞋鋥亮，戴著金絲眼鏡，在辦公室裡指揮大局的主管，如今，穿著與自己相同的制服，工作褲，正在蔬果賣場汗流浹背的補著高麗菜。

雖說不勝唏噓，但他能屈能伸，不因過往的風光，依舊放下身段，幹著與自己相同的活兒。

　　加油，安祖。嗣強在心裡想著。

****

我愛郭美玲

第七篇

你要相信，這不是最後一天

（三年後，東部）

一條筆直的馬路上，有湛藍的大海，金色的陽光。

美玲騎著摩托車，帶著安全帽，毫不遮掩的大聲唱歌。

車子駛入一間靠海的大飯店前，旁邊的小徑就是員工上下班出入的地方。隨手脫下安全帽往後照鏡一放，從容的走進飯店內。

「美玲姐早。」經過的人不時的打聲招呼。

走進了店祕書辦公室，美玲趕緊接起響半天的電話。

「什麼？喔，好吧……我過去。」

美玲不禁嘆口氣，今天又是忙碌的一天。

走到後方的收貨碼頭，玉嫻罵人的聲音此起彼落。

「我不是說過，進貨單的流水號，要從小到大排好，從——小——到——大！」

前面幾個小助理唯唯諾諾的低頭不語。

「抽屜的餅乾是誰的？我說過，在碼頭吃東西可以，不吃要封好！嫌碼頭的老鼠還不夠大的像吉娃娃嗎？」

美玲朝天翻了白眼，她今天是怎麼了？

「發生什麼事……」

美玲走到兩方中間，話還沒說完，只見玉嫻拿起一旁的大聲公，朝著她的臉準備大喊，嚇得美玲趕緊躲到一旁。

「三號碼頭那個！對，橘色那輛貨車，車號 5257，我記得你。不要再亂拿棧板了，給——我——放——回——去。」

「好了好了。沒吃藥啊？」美玲趕緊按下玉嫻手中的工具，用齒縫在耳邊聞著。

「吃了，但是，有件事情……我看啊，把整個月的藥一次吃完也沒用。」

美玲看著玉嫻神色慌張，心覺到底何事？

直到馬修把他們叫進會議室面談，這才答案揭曉。

「我以為躲到東部，就永遠不會見到那群人，現在是怎樣？我該說是冤家路窄嗎？」

「話別這麼說，公司員工旅遊，選我們這裡下榻，也是看著馬修的名號。」

玉嫻翹著二郎腿，無奈的看向一臉無辜的他。

「我先說喔，那兩天我會躲在碼頭跟宿舍，別想讓我現身啊！」

「妳在怕什麼？仇家？還是債主？」美玲問著。

「情債吧？」馬修也跟著幫腔。

玉嫻看著兩方投以不善的眼神，心虛的離開辦公室。

「郭美玲，妳……妳也差不多。」臨走前，還不忘烙下一句。

「該來的，終將會來，不是嗎？」馬修看著在思索的美玲。

「你已經幫了我們太多，也是時候要面對。只是，我能淡然，玉嫻呢？看她那跳腳的樣子。」

「我是真沒想到，公司還會想到我。」馬修喝著桌上的大杯茶。

「因為老闆你做人成功。」

「因為妳幫我做人成功。」

上司與下屬相視而笑。

****

中午吃飯時間，美玲望著一邊用餐一邊處理公事的玉嫻。

「妳累不累？能不能消停些？」

「新來的助理做事我不放心，妳看，附件一二三也能給我擺到一三二……」

「蘇蘇剛來兩個禮拜，妳能不能給她一點時間？還有，妳旗下有兩個助理，用不著把這些事情全部攬在自己身上做。」

美玲直接把她的筆電，文件，筆盒等物品通通收起來放在一旁。

「手機放下來！我們好好吃飯。」見著玉嫻要拿起手機，美玲又趕忙吩咐著。

玉嫻終於面對自己眼前的麵疙瘩……變涼的那種。

「都已經來這裡三年了，總感覺妳一天比一天疲勞。」

「事情做不完啊。」玉嫻挖了一大匙，就往嘴巴送。

「是多到做不完，還是不放心每一件事情？」

見著玉嫻不回應，美玲繼續說：「這三年來，馬修按照妳的要求，找了許多員工來當妳的助理，可是……不是被氣跑，就是申請調部門。妳能不能，體恤自己的下屬，站在他們的角度想一想？」

「……我要怎麼想？」

若是別人，玉嫻這問題擺明就是來吵架的。

「文雄當時是怎麼帶妳的？」

提到文雄，玉嫻不由得臉色一沉。

「關他什麼事？」

美玲深吸一口氣，有時，渡化人的角色真難扮演。

「沒有如此包容的他，不會有當時的妳。」

玉嫻無語，她在消化美玲的話。

「妳說的，是真。但是，我做不到。」

她想起他的膚觸，這讓她不耐的放下湯匙。是的，玉嫻的心裡還有文雄。

「有什麼做不到？」美玲第一時間不懂她的意思。

「他能接受嗎？他家人能接受嗎？不要告訴我愛能解決一切問題，那是天大的謊言！」

「我……我在跟妳談公事。」

玉嫻這下才回過神，尷尬的拿起一旁已成常溫的檸檬紅茶入口。

「妳說的，我會參考。與人互動與包容，也是社會化的一個過程。」

美玲靜靜的看著她，心中想著許多事。

****

那晚，多輛遊覽車停在飯店的停車場。

查理身穿一套花衣褲，身後跟著幾個處長，一下車就往飯店奔去。

「楊馬修！」

「曹查理！」

兩個年過半百的老頭子一見面，嗓門聲響徹整個大廳。

「有事晚宴上說，我準備真正的路易十三等你。」馬修趕緊安撫，他得先招待查理身後的區經理。

「誰稀罕你的路易十三，我讓人搬高粱，還是紅標配，五年以上的！今晚夠你嗆了！」

整個大廳擠滿了人，隨車的導遊舉起特製的旗桿，各自帶開自己的隊伍。

嗣強跟文雄剛剛才下車，各自拿著一手的紅標配，在人群中靜靜的看著兩位老人家熱絡，一旁的區經理乾站著陪襯。

「那個，店長啊……」

「來來來來，阿強。馬修我跟你說……」

「店長，你先讓馬修跟區經理好好聊聊天吧！」要不是兩隻手都沒閒著，嗣強肯定立馬把查理帶走。

「天哪，阿強，你變好多喔！」

「處長，好久不見了……好了好了！店長，我們先去拿房門卡。」

對於馬修，嗣強還是充滿感激的。

嗣強趕緊叫文雄過來幫忙，兩人一左一右的把查理頂到櫃檯去。

「處長，晚點聊。」文雄不忘打聲招呼。

馬修看著昔日的兩個下屬，不免揚起一抹欣慰的微笑。

「果然都來了。」

回頭，熱情的與區經理打著招呼。

好不容易把查理安撫回房間，讓文雄繼續聽著他與馬修的過往，嗣強準備走到到櫃檯領房卡，就看見一個熟悉的身影。

玉嫻身著正式套裝，在櫃檯前與相關人員進行房客入住的確認。

嗣強趕緊跑回查理的房間，也沒說清楚的就把文雄拽出來帶到櫃檯，可玉嫻早已不見蹤影。

「幹麼？我還穿著房間拖鞋……」

「別管拖鞋了，玉嫻啊！」

文雄瞬間停格。

「我剛剛看到她了，就在那邊，穿得跟櫃檯小姐一樣。」

「怎……怎麼可能？玉嫻不愛穿這些衣服的……」

「跟我來。」嗣強直接帶著他走向櫃檯。

「您好，請問剛剛是不是有一位小姐在這裡，跟妳們穿同樣的制服？」

「是的。」

「她是不是姜玉嫻？」

櫃檯小姐點頭。

「請問找她有事嗎？」

「我們可以見她嗎？」嗣強急切地問著。

櫃檯小姐面露為難。

「不好意思，姜經理不見外客，她有交代，尤其是這兩天。」

文雄的臉轉為落寞。

「可是……」

「算了，阿強。小姐，我們拿房卡。」

順著房門號碼找尋的路上，嗣強氣不過的唸著。

「你幹麼不多爭取一下？請她們打通電話，或許就能見到玉嫻。」

「很明顯了，她不想見到我們。」

「你怎麼知道囉？」

「我怎麼不知道？她發狠做事的時候，會顧慮到你我他人的立場嗎？」

兩人走到自己的房門口，文雄帶點情緒的拿起房卡感應不成，忍不住罵了聲粗話。

「我來我來，你別激動。」

房門逼的一聲打開，文雄進房後，直接把行李扔在一旁，頹喪的趴在其中一張雙人床上。

「你還好吧……」嗣強問了個蠢問題。

「我先去洗個澡……別想太多，不過，你還是要去爭取一下……」

「說得那麼容易，你他媽怎麼不去把郭美玲找回來？！」文雄抬起頭，暴怒的吼著。

「我包容了那麼多，付出了那麼多，她不要就是不要了，懂嗎？」

文雄這句話，像把兩面刃，同時割傷兩個男人的心，嗣強點頭，默默的走進浴室內。

看著鏡子，縱使美玲告訴自己要長大，嗣強依舊是紅了眼。

長大，也代表很多事情要放下，包含放不下的過往。

可過往，都是她，怎麼忘？演了三年，嗣強好痛苦。什麼時間能淡忘一切，什麼人生要繼續向前，都是狗屁倒灶的話！

另一端，美玲坐在自己辦公室的位置上，反覆的深呼吸。

今天下午的遊覽車，她沒陪著馬修出去迎接，說穿了，她是茫然。

隔了三年，終究還是要見面，她希望那是歡樂的場合，而非感傷的情節。

縱使，當年的她，也曾遲疑直率熱忱的感情。

從玻璃帷幕看見玉嫻正經過辦公室，見她緊張的坐下，趕忙打到她分機。

「我被發現了。」隔著玻璃，玉嫻語氣裡帶著的慌張，更顯立體。

「我躲在櫃檯底下，蘇蘇幫我擋了他們……反正，晚宴我肯定不會去。我沒有辦法面對過去，面對文雄……妳……妳還有阿布陪著，我什麼都沒有啊！」玉嫻忍住差點奪眶而出的淚水，笨拙的敘述自己的心情。

或許是如此，當一個人表達了驚慌失措的情緒時，另一個人則是越發堅強的勇敢。

美玲掛上電話，寫了張字條拿著，起身，走出辦公室。

「喔，我真的很討厭穿這套衣服……」

「沒事的，今晚我陪著馬修就好。」

美玲趁玉嫻不注意之際，悄悄的拿走她的手機。

「那我在辦公室忙，等我忙完再回去。」

美玲點頭，抱著玉嫻的頭，安撫她之際，偷偷把字條放在原本放置手機的位置。

「妳要加油喔！」看著美玲離開，玉嫻擔心的說。

妳也要加油，玉嫻。我要來幫妳決定後面的路。美玲心想。

****

眾所期盼的晚宴即將開始，因為稍早的摩擦，嗣強跟文雄分開的移動。

「請問是林文雄先生嗎？」經過櫃檯時，小姐趕緊叫住他。

「這是我們祕書留給你的，請務必拆開。」

文雄遲疑的打開，一張字條念完，隨即緊握手中的物品。

「請問 A2 會議室在哪裡？」他急切的問著。

「旁邊電梯下樓至 B2……」

不等小姐說完，文雄走得跟飛似的往電梯方向衝去。

「喂，你要去哪……」嗣強見著文雄不知衝去哪，原本轉頭叫他，沒想到……

「好久不見了，秦嗣強。」

嗣強宛如被電流竄進全身，他緩緩地轉回身。

「你真的變好多，不錯不錯，真的長大了。」

美玲主動的向他走來，依舊是那抹笑容，彷彿初相見。

「看來，查理把你調教的不錯……」

不等美玲說完，嗣強直接抱住了她。

「我好想妳……真的很想妳。」

「敘舊之前，你得先陪我去做件事……」嗣強把她抱個滿懷，也抱得太緊了。

「什麼？」

辦公室裡，玉嫻才完成明年上半年的活動規劃，正想聯絡廠商，手機……手機呢？

玉嫻拿起桌上的便條紙，忍不住啐了一口。

「這女人搞甚麼？」

欲奪命而出，又怕被發現，只能把櫃子裡的制服配件拿出來使用。

沒多久，一個在夜間室內戴著墨鏡，把領巾當頭巾的怪女人經過飯店大廳，準備搭乘電梯往地下二樓走去。

「快快，她在等電梯了。」在一旁安全梯偷看的美玲，趕緊帶著嗣強往樓下跑。

「要幹麼？剛剛那是玉嫻嗎？怎麼臉包得跟緋聞女星似的？」

「先別問，快點……唉唷！拐到腳了，痛痛痛……糟糕。」美玲拉著他的手正在跑，結果，還是不敵鞋跟的高度。

「來吧，我揹妳。」嗣強蹲在她面前，就跟當初一樣。

「我穿裙子呢。」

「那我抱妳。」

嗣強伸出雙手，這讓美玲有點遲疑，可為了玉嫻，她只能讓嗣強對她公主抱似的，火速趕到 B2。

玉嫻走出電梯，左顧右盼著四下無人，快步往會議室走去。一旁等著的美玲與嗣強早已就緒，就等著玉嫻進入的那一刻……

鎖門！！

「誰？哪個王八蛋鎖門的？開門！開門啊！！」

外頭都能見著門的震動，直至沉靜。兩人在門外，看起來都像是做錯事的心虛小孩。

「我們走吧，去參加晚宴。」美玲悄聲說完，一拐一拐的走向電梯。

「那裡面……？」

「別打擾文雄跟玉嫻的事。」

「妳把他倆關裡面？！」

「不然把你關裡面？」

嗣強趕緊搖頭，他可不想招惹這婆娘！

會議室裡，玉嫻狼狽的跪坐在門前，她害怕轉身見著故人，全身都滲著汗。

她甚至能聽見對方起伏的呼吸聲，伴隨心跳。如此急促，帶有濃厚的鼻息。

「美玲說，希望我們見面。」文雄坐在會議室的一角，手上還拿著玉嫻的手機。

郭美玲，妳這該死的女人……玉嫻在心中狠狠地咒罵著。

她站起來，把頭上的領巾及墨鏡脫下，反正她也覺得這裝扮頗為可笑，深吸一口氣回頭，眼眶還是不爭氣的濕潤了。

他怎麼都沒變，就跟當時一樣，看著自己的眼神，永遠都是輕柔地，深怕化掉似的。

「曾經，我有一個助理。她好強，愛與人爭一個道理，沒人喜歡她，她也樂得自在。」

文雄起身，緩緩朝她走去。

「我還記得那場午後雷陣雨，妳的鞋子濕透了，在出入口打著赤腳等雨停，妳不讓我下班，說妳無聊，要我陪妳聊天。」

「你當時是什麼爛開頭，明明滂沱大雨，還說今天天氣不錯。」玉嫻嘴上說著，卻已潸然淚下。

「不這麼說，妳會有講不完的話嗎？」文雄走到她面前，抬頭用手拭著淚。

「其實，妳與這世界格格不入又如何？我喜歡妳，姜玉嫻。縱使我矮妳個五公分……」

「是七公分。」玉嫻還不忘糾正他。

「呃……那兩公分不重要吧？」

「你怎麼知道我有狀況⋯⋯？」

「妳每次放長假，我都知道妳去上情緒管理跟社交課程。」

玉嫻有點飄然，不光是文雄的話，而是他正碰觸著自己的髮，在指間把玩著。

「妳欠我一張離職單，怎麼辦⋯⋯？」文雄輕佻的問著。

「⋯⋯我寫給你。」

玉嫻正準備找筆，馬上被文雄拉回來。

「開玩笑呢⋯⋯妳要寫的不是這個。」他雙手握著她的雙臂，寵溺的欣賞著。

我是不是在做夢啊？千萬別醒啊。

「那不然？」

「結婚證書。」

****

電梯一開啟，嗣強攙扶著美玲走到會場門口，看到熟悉的人事物，美玲一下子開心起來。

「妳真的就放心，讓他倆共處一室？」嗣強不免擔心道。

「你是怕玉嫻宰了文雄？不會的，誰宰割誰還不知道呢！」

另一邊，會議室的桌下，倒是真有美玲所說的畫面。

「我是怕她宰了妳。」

美玲神祕一笑。

「頂多把我丟子母車，上次就這麼幹過了。」

「她把妳……」

「快扶我進去吧！你看馬修他們。」

「楊馬修！真是不夠意思，才幾杯而已就不行啦？」查理三杯黃湯下肚，嗓門開始大了起來。

「什麼幾杯？都快一瓶啦！菜還沒上一半呢，慢慢喝啊！」

「我得去擋一下……」

美玲一步步的往前，看著她跛腳的樣子，嗣強直接抱起她走進會場。

「哇噻，這哪家店的人？」

「強哥抱著誰啊？」

「天哪，是郭美玲她在這裡工作？」

「該不會復合了吧？」

「你們不知道之前的事吧……」

縱使會場的配樂再激昂澎湃，也擋不住悠悠之口的雜音，有人甚至拿起手機拍著！

「阿強，我可以自己走的。」美玲有點彆扭，甚至是……臉紅。

「妳的腳再不冰敷，明天肯定腫的跟麵龜一樣。」

「秦嗣強，你抱誰呢？」查理一時看不清楚，嚷嚷著大聲質問。

「美玲怎麼啦？」馬修擔心的走過去看。

「腳扭傷了。」嗣強把她放在一席旁的椅子上。

「這好端端的，怎麼會扭傷呢？」

「我們……把文雄跟玉嫻關在會議室。」美玲低頭回答，不想讓太多人發覺她發燙的雙頰。

都已經告訴自己要雲淡風輕了，怎麼還是與理想背道而馳？

「蛤？」馬修不敢相信自己的耳朵。

「馬修，可以幫我拿些冰塊嗎？她腳已經腫起來了。」

「好好好……」馬修趕忙吩咐一旁的服務生，去後場找冰塊。

嗣強跪坐在地，握著美玲的小腳，擔憂的觀察著。

又是這雙大手，帶著掌心滲出的溫度，令她坐立難安。

他的心也不平靜，盡量不把眼光，往穿著透膚黑襪的小腿望去。

一整晚，美玲只能坐在位置上，看著嗣強同時處理兩個老頑童之間的拼酒較勁。

最後，連嗣強也倒了。

「曹查理！回房續攤！」

「誰怕誰？」

兩個老頭醉醺醺的，互相攙扶走在前頭。後頭的嗣強，則是遭到上次被強制拍照的兩個同事扛著。

「強哥，你不要亂動，很重欸！」

美玲跟在後頭，手上拎著高跟鞋，算是這群人裡最清醒的一個。

各自被丟回房內，馬修本想離開，最後也倒在房內沙發上。

「你們先處理一下各自的老闆。」美玲隨手吩咐著，她也累了。

最後，她看著嗣強被抬進隔壁房間。

要不要過去呢……美玲心想。

「美玲姐，文雄呢？他們倆同一個房間。」

兩人分別從房內走出。

「今晚就沒看到人了，不知道去哪兒。」

「沒事的，我來顧他就好。你們抽空去區經理那邊，他還在會場呢。」

看來，真得獨自面對他了。

「美玲姐，妳可以嗎？」其中一個人叫阿景，他是知道過去的事情，不免擔心的問著。

美玲微笑，目送他們離開房間。

房內一片沉靜，偶爾傳來隔壁的喧鬧聲。美玲走到浴室，擰條毛巾出來，幫他擦拭著臉。

從初識，共處，那一晚，直至現在，歲月改變了彼此的關係，也讓昔日口中的小朋友，成為了男人的面貌。

而自己，正逐漸走入衰老。

什麼都改變不了，我們正在各自的人生走著，也只有這兩天的重逢，之後，彼此依舊兩隔。

她能盡力改變文雄與玉嫻的命運，可自己的呢⋯⋯？

美玲思索得出神，完全無視嗣強炯亮的雙眼。

等到她回復神智，嗣強早已將她拉到床上，忘情的吻著。

她是該抗拒的，但她不躲了。

曾經，美玲受限於別人的眼光、家族的意見；如今，就在這一晚，情慾交織之下，一切如此大膽鮮活。

****

　一大清早，當玉嫻跟文雄被早班的保全放出來後，她氣呼呼的四處找尋美玲的蹤影。

「妳等我一下，寶貝⋯⋯」文雄在後頭扣著花襯衫追著。

「美玲呢？我要把那混帳女人扔進子母車裡！」

「我⋯⋯我不知道。」櫃檯的蘇蘇見著已魔化的直系主管，神色驚慌。

「那個⋯⋯課長，妳的口紅跟妝都花了⋯⋯」

玉嫻下意識摸著嘴唇，稍微清醒了些。

「有沒有可能跟阿強在一起？或許他們見到面了。」文雄試問著。

玉嫻眼神一緊。

「蘇蘇，把萬能房卡拿給我。」

當玉嫻殺到嗣強的房間，她充滿氣勢的秒開門，也充滿氣勢的秒關門。

「怎麼了？」文雄還來不及看著房內的狀況。

玉嫻的腦袋迅速勾勒昨晚的事情，隨即狹猝一笑。

「幾個快餐上 312 房，我在門口……五分鐘內，快點！」她拿起對講機發號施令。

「該不會……？」文雄詫異的張大嘴巴。

「等會兒你到我宿舍休息，當然，我們還可以再一輪。」玉嫻說完，俐落的朝著他屁股拍下去。

文雄的笑容，有股莫名的雀躍與挑戰。

****

後記

「到底能不能開門啊?」美玲打著始終無人接聽的分機號碼,焦急的問著。

嗣強還在研究這道門到底怎麼拆。

「妳真的不讓我砸爛它?」

「不要用那麼暴力的方式解決問題!」

隨即,美玲的手機響起。

「妳終於肯接我電話啦?快放我們出去!」美玲氣呼呼的朝玉嫻吼著。

「妳怎麼鎖我,我就怎麼扣妳,這叫禮尚往來。」

見著房內被放置幾盒麵包,礦泉水跟紅酒,她該不會趁我們睡著的時候偷偷進來的⋯⋯美玲只能先示弱。

「妳要什麼時候放我們出去?」

「等房內東西吃完再說吧。」

「⋯⋯秦嗣強明天就要回去了。」美玲曉之以理。

「那就⋯⋯好好幹活,多溫存,啊哈哈哈哈!」玉嫻調侃的說著,還不忘附上魔性般的笑聲。

嗣強把美玲的手機接過去。

「姜玉嫻，妳夠了。」

「好久不見了，秦嗣強。幾年過去了，希望你成熟許多。」

「那你在耍什麼幼稚？快點開門啦！」

「欸，別傷和氣。」玉嫻開了擴音。

「我問你個問題，你要誠實的回答我……你愛不愛郭美玲？」

嗣強忍不住翻了白眼。

「愛。」

「大聲點！」

「愛！」

美玲聽見窗外一陣歡呼聲，好奇的往外一看。

玉嫻竟然帶著一票前公司的員工，站在一樓大廣場上，手上拿著手機，接著音響，把她與秦嗣強的對話公諸於世！

「郭美玲可大你八歲，你不怕走出去被說成是母帶子？」

「妳跟林文雄差了半顆頭，怎麼不說妳跟他才是母帶子？！」

眾人一陣訕笑與鼓譟，玉嫻無可奈何的哼笑。

「笑屁啊！你有女朋友嗎？」文雄不甘示弱的朝眾人回嗆。

「如果現在讓你跟郭美玲求婚，你會嗎？戒指放在快餐盒上……記得！我是借你的，求婚完要還我，不然我宰了你！」

玉嫻抬頭，正好對上美玲的眼。

「美玲，我也能改變妳的選擇與命運。橋我搭了，路我鋪了，接下來……看他的表現了。」

嗣強走出陽台，低頭看著鼓譟的同事跟下屬。

「那個，他們只是在胡鬧……」

嗣強直接單膝跪下，拿出手中的戒指。

「不要再考慮了，我們沒有那麼多的歲月，再去揣測彼此的心意。」

昨夜的溫存依舊，這讓美玲遲疑，感覺一切都是堆積而成的虛幻。

「我愛妳，郭美玲。」

嗣強把戒指套上她手指的那刻，此起彼落的歡呼聲變為沉靜。

他起身，珍視眼前的女子，溫柔的，覆上她的唇。

（完）

國家圖書館出版品預行編目資料

我愛郭美玲／黃萱萱 著. —初版.—
臺中市：天空數位圖書 2020.09
面：公分
ISBN：978-957-9119-90-0（平裝）

863.57   109014328

書　　　　名：我愛郭美玲
發　行　人：蔡秀美
出　版　者：天空數位圖書有限公司
作　　　者：黃萱萱
編　　　審：亦臻有限公司
製作公司：港健有限公司
出品公司：傑拉德有限公司
版面編輯：採編組
美工設計：設計組
出版日期：2020 年 09 月（初版）
銀行名稱：合作金庫銀行南台中分行
銀行帳戶：天空數位圖書有限公司
銀行帳號：006-1070717811498
郵政帳戶：天空數位圖書有限公司
劃撥帳號：22670142
定　　　價：新台 320 元整
電子書發明專利第 Ｉ 306564 號

紙本書編輯印刷：
電子書編輯製作：
天空數位圖書公司 E-mail：familysky@familysky.com.tw　http://www.familysky.com.tw/
地址：40255台中市南區忠明南路787號30F國王大樓　Tel：04-22623893　Fax：04-22623863